《민족21》 안영민 기자의 유쾌한 희망 만들기

자리
도서출판

• 저자서문 •

다시 10년의 꿈, 10년의 미래를 준비하며

1.

꼭 10년이다. 《민족21》에서 취재수첩을 펼쳐 든 지도….

30대 초반의 거칠 것 없던 내게도 어느새 흰 머리카락이 수북이 내려앉았다. 《민족21》이 창간호를 내기 스무 날 전쯤 태어난 큰아들 인산이는 벌써 초등학교 4학년이 되었다.

10년이면 강산도 변한다고 했던가. 2001년 새해 벽두, 《민족21》 사무실로 첫 출근을 하면서 나는 10년 후의 꿈을 생각했다. '한 10년쯤 고생하면 세상이 뭔가 달라져 있겠지, 남북관계도 획기적으로 바뀌어 있겠지, 아마 10년쯤 후에는 《민족21》도 평양지국을 낼 것이고, 나는 당당히 평양특파원으로 북녘의 취재현장을 누비고 있을 거야.' 어쩌면 거창할 수도 있을 통일의 그 꿈을 갖고 10년을 달려왔다.

하지만 《민족21》이 창간 10주년을 눈앞에 둔 지금, 솔직히 마음이 착잡하다. 10년 전의 꿈은 온데간데없이 사라지고 현실은 10년 전, 아니 그 이전으로 훨씬 후퇴해버렸다. 10년 전, 비록 통일부의 허가와 검열이라는 절차로 방북취재가 제약받기는 했지만 그래도 평양으로 달려가는 길은 열려 있었다. 평양에서 남쪽으로 전하는 소식통 역시 열려 있었다.

그러나 지금의 현실은 전혀 그렇지 못하다. 《민족21》의 평양 취재 길은 언제부턴가 막혀 버렸다. 《민족21》로 전해온 북녘의 소식도 독자들에게 전달되지 못하고, 《민족21》 편집국 책상 위에 남아 있다. 그러면서 나는 속절없이 그 길이 다시 열리기만 기다리는 처지가 됐다.

2.

그래도 나는 확신한다. 나침반이 늘 북을 가리키듯 통일의 시간표 역시 늘 미래를 향해 흘러가는 법이라고. 때론 소걸음인들 어떠랴. 그것 또한 역사의 발전 과정인 것을. 그런 믿음으로 나는 《민족21》 10년을 다시 되돌아본다.

이 책은 그러한 《민족21》 10년의 기록이다. 10년 전 신출내기 기자였던 내가 이제는 유일한 《민족21》 창간멤버로 남아 《민족21》의 어제와 오늘, 내일을 기록한 것이다. 기록하는 일을 직업으로 삼아온 내게 기록한다는 것은 곧 기사를 쓰는 일이다. 그런 심정으로 《민족21》 10년의 취재수첩을 다시 펼쳐놓았다. 그리고 하나둘씩 정리했다. 유쾌한 희망 만들기, 행복한 통일 이야기를….

나이를 먹어가면서, 또 아이를 키우면서 내게도 행복이 화두가 되었다. 나는 늘 행복한 사회, 행복한 세상을 꿈꾼다. 나는 그것이 통일의 미래 속에 있다고 생각한다. 나누면서 더불어 사는 세상이 바로 통일세상이기 때문이다. 서로가 가진 것을 나누면서 더 큰 하나를 만들어나가는 과정이 바로 통일의 과정이다. 그럴 때만이 우리의 통일은 행복한 통일이 될 수 있는 것이다.

3.

원고를 정리하면서 많은 분들이 떠올랐다. 처음 나를 《민족21》로 이끌어준 신준영 선배와 잘 나가던 《중앙일보》 기자 생활을 과감히 정리하고 《민족21》로 합류해 이를 책임져온 정창현 선배, 또 후배인 나의 간청을 뿌리치지 못하고 《민족21》 편집국장직을 떠맡아 온갖 고생을 감내하고 있는 24년 지기 정용일 선배, 그리고 《민족21》을 거쳐간 수많은 선후배들…. 내게는 무엇보다도 소중한 《민족21》의 동지들이다. 이들의 헌신이 있었기에 오늘의 《민족21》도 존재할 수 있는 것이다.

그리고 지난 10년간 좌충우돌하는 《민족21》 기자들의 취재요청을 수용

하느라 이만저만 고생이 아니었을 북측 민화협 선생들과 통일의 한 배를 탄 언론인으로서 《민족21》에 큰 힘을 주었던 북측의 《통일신보》와 일본의 《조선신보》 기자들께도 지면을 빌어 고마움을 전한다. 그 분들이야말로 오늘의 《민족21》을 만든 또 다른 주역들이다. 직접 찾아뵙고 술잔 기울여 가며 회포를 풀어야 함에도 일단은 미뤄둘 수밖에 없는 것이 아쉽다.

또 오늘의 내가 있기까지 삶의 좌표가 되어주셨던 아버지, 창간 때부터 《민족21》의 애독자이셨던 돌아가신 어머니께도 큰절을 올린다. 지난 10년간 경제적으로 무능한 남편을 대신해 집안을 꾸려온 아내에게도 결혼 13년 만에 처음 진심 어린 마음으로 고맙다는 인사를 전한다.

무엇보다도 소중한 분들은 《민족21》 독자들이다. 때로는 무한한 성원과 때로는 매서운 질타로 지난 10년을 《민족21》과 고락을 함께 해온 독자들이 있었기에 오늘의 《민족21》도 존재하는 것이다. 독자들께 이 책을 바친다.

2011년 3월 《민족21》 창간 10주년을 앞두고

안영민

차례

2부 유무상통의 길

· 프롤로그 ·

다름과 틀림

과연 통일은 '선' 인가? 정말 우리는 통일을 해야 하나?

글머리부터 이런 질문을 던지는 이유는 몇 년 전 한 대학에서 열린 강연회 때의 경험 때문이다. 1시간 남짓 강연을 마치고 질의응답 시간이 됐다. 한 학생이 손을 들었다. 그리고 진지한 표정으로 물어왔다.

"저는 왜 통일을 해야 하는지 잘 모르겠습니다. 통일이란 것도 결국 잘 먹고 잘 살자고 하는 것 아닙니까? 평화롭고 행복한 세상을 만들자고 하는 것 아닙니까? 그런데 솔직히 현 상황에서 남북이 통일한다면 오히려 더 혼란스러울 것만 같습니다. 또 우리나라 경제도 어려운데 무턱대고 북하고 합치면 살기만 더 힘들어질 것 같습니다. 그런데도 자꾸만 통일만이 살 길이라고 하시는데 선뜻 동의하기가 힘듭니다."

주변을 둘러보니 공감하는 표정들이 적지 않았다. 질문에 대한 대답 대신 모두에게 물어봤다. 남과 북이 통일해야 하는 이유가 무엇이냐고. 뜻밖에도 자신 있는 대답이 나오지 않았다. 간신히 두어 명이 여기저기서 대답했다.

"왜 통일을 해야 하는지 잘 모르겠습니다"

"같은 민족이잖아요."

"통일되면 헤어진 가족들도 만나고, 자유롭게 북에도 갈 수 있잖아요."

다시 물어봤다. 정말 통일이 됐으면 좋겠다고 생각하는 사람은 손을 들어보라고. 네 명의 한 명 꼴로 손이 올라왔다.

다시 물어봤다. 통일이 안 됐으면 좋겠다는 사람은 손을 들어보라고. 여기저기서 꽤 많이 손이 올라왔다. 이유를 물어봤다. 여러 대답이 있었지만 요약하자면 이렇다.

"북은 식량이 없어서 사람들이 굶는다는데 그런 북하고 통일하면 우리만 손해잖아요."

"북은 자유가 없고 인권을 탄압하는 독재국가인데 통일하면 오히려 혼란만 클 것 같아요."

지금부터 20여 년 전인 1988년, 내가 대학 2학년이었을 때다. 서울 홍제동 거리에서 수천의 대학생들이 '가자 북으로, 오라 남으로' 를 외치며 자욱한 최루탄 속에서 연좌시위를 벌였다. 당시 우리는 '통일' 이라는 말 한마디에 가슴이 뭉클해졌다. 민족이란 말을 들으면 절로 눈물이 났다. 하지만 과연 지금의 대학생들 중에서 그런 정서에 공감할 사람이 몇이나 있을까.

학생들의 의문처럼 '한 민족, 한 핏줄' 이라는 감상적인 생각만 가지고는 통일에 대한 지지를 끌어내지 못한다. 오히려 시대에 뒤떨어진 고루한 생각, 낡은 관념이란 반응이 더 강할 것이다. 그런데도 여전히 20여 년 전의 감상에 사로잡혀 통일을 말한다면 통일은 공감하기 힘든, 불필요한 일밖에 되지 않을 것이다.

이보다는 통일이 남에도 북에도 모두 좋은 '상생의 길' 이란 것이 구체적으로 확인되어야만 한다. 그래야 사람들도 자신의 문제로 받아들일 수 있다. 특히 통일과 경제의 실증 관계를 밝혀 주지 못하면 통일문제는 미래에도 여전히 시대에 뒤떨어진 관념으로 그칠 수밖에 없다. 통일이 되는 것이, 남북이 화해하고 한반도에 평화가 정착되는 것이, 남측 경제에도 번영의 필수조건이라는 사실이 구체적으로 확증되어야 하는 것이다.

학생들의 근본적 물음에 대해 나는 열심히 '설득' 을 했다.

경의선, 동해선이 연결되면 우리는 대륙행의 길을 얻게 된다. 이는 남쪽에 사는 우리가 섬나라의 신세에서 벗어나는 것을 의미한다. 경제적으로 본다면 광활한 유라시아 대륙을 시장으로 두게 된다는 것을 의미한다. 동아시아만 놓고 봐도 20억의 인구와 무궁무진한 지하자원, 뛰어난 노동력과 자본이 있다. 우리 민족이 새롭게 도전하고 웅비할 터전인 것이다. 통일이 된다면 한반도는 세계시장의 중심, 물류의 중심, 관광의 중심이 될 것이다. 여기에 북이 가진 천혜의 지하자원과 노동력, 남이 가진 자본과 기술이 결합한다면 우리 경제의 새로운 도약도 가능해질 수 있다. 이만한 경제적 이득이 어디에 있을까. 그런 경제적 가치를 알기에 일본이 한반도와 연결하는 해저터널을 뚫겠다고 나오고 있는 것이 아닐까….

'자유민주주의' 시각으로는 납득할 수 없는 북

이렇게 설명했지만 전부 다 납득하는 것 같지는 않았다. 남북이 공존하고, 평화를 실현하고, 궁극적으로 통일을 이룬다면 번영의 길도 활짝 열릴 것이다. 하지만 그래도 남는 문제가 있다. 그것은 다름 아닌 북의 존재다. 통일은 북이라는 상대가 있는 것이다. 우리만 혼자 그릴 수 있는 그림이 아니다. 북하고 손잡고 해야 하는 일이다.

그런데 오늘의 북은 남쪽의 가치로만 보았을 때, 도무지 납득할 수 없어 보인다. 그들이 내세운 우리식 사회주의와 선군정치, 주체사상과 세습체제…. '자유민주주의' 시각으로 본다면 도저히 납득할 수 없는 부분으로 여겨진다. 그런 북과 통일을 해야 한다고? 차라리 지금 이대로가 더 낫겠다 싶다.

다름을 뛰어넘을 수 있는 공통성

하지만 한번쯤 에돌려 생각해보자. 그러한 북의 모습이 과연 틀린 것일까? 그리고 남쪽이 선택한 자본주의와 자유주의, 개인주의, 경쟁사회 등이 모두 옳은 것일까? 설사 북의 현실이 잘못됐다고 해도 그런 북과의 공존이 우리에게 도움이 된다면 좀 더 대승적으로 접근할 필요가 있지 않을까? 경제적 이해관계에 따라서는 어제의 적도 오늘의 친구가 되는 '세계화' 시대에 어제의 적, 북은 오늘의 친구가 정녕 될 수 없는 것일까?

북쪽은 남쪽과 비교했을 때 '틀린' 것이 아니다. 다만 '다른' 것일 뿐이다. 체제가 다르고, 이념이 다르고, 삶의 가치와 방식이 다르고, 처한 환경이 다른 것이다. 다른 것은 틀린 것, 혹은 잘못된 것과는 동의어가 아니다. 다르기 때문에 틀렸다면 외국인 노동자는 나라가 달라서 틀렸고, 흑인들은 피부가 달라서 틀렸고, 원숭이 골을 먹는 중국 사람들은 음식문화가 달라서 틀린 것이 된다.

행여 우리 내면에는 북을 무조건 틀렸다고 보는 냉전의 그늘이 남아 있지는 않을까? 그 마음의 벽이 북을 있는 그대로 보고, 있는 그대로 인정해 주는 것을 거부하고 있지는 않은가?

남과 북이 서로 다른 점을 꼽자면 대단히 많을 것이다. 그러나 그보다 더 중요한 것은 그 다름을 뛰어넘을 수 있는 공통성이다. 그 공통성은 바로 5000년 유구한 역사를 공유해온 집단적 경험, 바로 민족성일 것이다.

이제 다시 글머리로 돌아가자. 우리에게 통일은 무엇일까? 우리는 왜 통일을 해야 하나?

1

사회주의 대가정

오늘의 북녘 사회를 이해하는 열쇳말은 무엇일까? 바로 ‘집단주의’다. 우리식 사회주의, 선군정치, 주체사상, 수령체제, 일심단결…. 북녘 체제를 규정하는 이러한 말들의 바탕에는 집단주의 정신이 깔려 있다. 하기에 남쪽의 우리가 ‘개인주의’라는 우리들만의 잣대를 들고 북을 바라봐서는 북을 제대로 이해할 수 없다. 북의 인민들은 온 사회가 한 가족이라는 공동체 의식으로 살아간다. ‘사회주의 대가정’이라는 말 속에는 집단주의 북녘 사회의 모습이 담겨 있다. 이러한 집단주의의 힘이 ‘가는 길 험난해도 웃으며 가는’ 오늘의 북을 만들고 있다.

● 이야기 하나

한 사람은 모두를 모두는 한 사람을

2000년대 중반의 방북취재 때였다. 당시 《민족21》 취재단의 숙소는 보통강호텔이었다. 한날은 외부에서 저녁식사를 마치고 호텔로 돌아와 북측 안내선생(북을 방문하면 북측 당국에서 나온 이들과 동행하게 되는데 대게 안내선생이라 부른다.)들과 늦게까지 1층 술집에서 회포를 풀고 있었다.

술자리가 파할 무렵, 나는 안내선생들에게 술도 깰 겸 호텔 주변 보통강변을 산책하고 싶다고 부탁했다. 밤 12시가 다 된 시각, 나 혼자서는 나갈 수가 없었다. 북을 방문한 이들이 숙소 밖을 나가려면 북측 안내선생들과 동행해야 가능했다. 결국 술자리에 참석한 대여섯 명의 남북의 남자들이 모두 나를 따라나섰다.

호텔을 빠져나와 보통강 주변 산책길을 걷는데 날씨도 상쾌하고 공기도 상쾌하기 그지없었다. 밤하늘을 수놓은 수많은 별빛까지 분위기를 한껏 상쾌하게 만들었다. 두런두런 이야기를 나누며 길을 걷고 있는데 건너편에서 인기척이 들렸다. 캄캄한 밤이라 쉽게 분간할 수 없었지만 언뜻 보니 젊은 여성 한 명이 길을 걸어오고 있었다. 이쪽은 대여섯 명의 건장한 남자들. 드문드문 가로등이 켜져 있었지만 희미한 불빛이 오히려 더 긴장하게 만들 수도 있었다.

밤길에 마주친 젊은 여성

하지만 그 여성은 아무렇지도 않은 듯 또각또각 구두소리를 내며 걸어왔다. 스쳐 지나갈 때 슬쩍 얼굴을 쳐다봤다. 그런데 긴장하거나 두려워하는 표정이라곤 찾아보기 힘들었다. 오히려 나와 눈이 마주치자 가볍게 미소까지 짓는 것이 아닌가.

그 여성이 지나간 뒤 안내선생에게 말을 건넸다.

"여자 혼자서 밤길을 가다 산적 같은 남정네 여러 명을 만났는데도 어째 긴장하는 기색이 하나도 없네요."

"왜요? 왜 긴장해야 되죠?"

도리어 안내선생이 내게 뭔 말이냐는 듯 물어왔다.

"아니, 야밤에 여자가 혼자서 길을 가다 남자들을 만나면 무섭지 않냐, 그 말입니다."

"하하, 우리 공화국 여성들은 그런 걸로 무서워할 일이 없습니다. 그런 건 범죄가 많은 자본주의 국가에서나 걱정할 문제죠."

그때서야 내 질문의 의도를 간파한 듯 안내선생은 껄껄 웃었다.

"우리 사람들이야 유물론자라 귀신을 믿지 않으니 귀신을 무서워할 일도 없고, 도둑이나 강도 같은 범죄도 없으니 사람을 무서워할 일도 없죠. 우리는 이웃과 동료, 전체 인민들이 한 식구나 다름없습니다. 아니 자기 가족을 무서워하는 사람도 있습니까? 밤늦은 시간에 일을 마치고 돌아가는 인민들 누구를 붙들고 물어보십시오. 밤길 걷는 게 왜 무섭냐며 오히려 안 선생을 이상한 사람으로 볼 겁니다."

물어본 내가 되레 머쓱해졌다.

모두가 한 가족이라는 공동체 의식

여러 차례 방북취재를 다니다 보니 북쪽 사회에 대해 부러운 점도 몇 가지 생겼다. 무상교육이나 주택, 의료정책도 부럽지만 그중 제일 부러운 것은 깨끗한 공기, 범죄와는 거리가 먼 순박한 사람들이다. 북은 사람도 공기도 점점 오염되어 가는 남쪽이나 자본주의 사회와는 확연히 구별되었다.

혹자는 북쪽 사람들이 아직 '돈맛'을 몰라 그렇지 중국처럼 본격

북의 시장에 붙어 있는 '하나는 전체를 위하여 전체는 하나를 위하여' 라는 구호는 북의 집단주의 체제를 상징적으로 보여준다.

적으로 개방에 나선다면 그들도 달라질 게 뻔하다고 폄하하기도 한다. 물론 그럴 수도 있다.

하지만 북녘 사회의 저력은 '하나는 전체를 위하여, 전체는 하나를 위하여' 라는 구호에서도 드러나듯 집단주의 성향이 강하다는 데 있다. 사회 전체를 '대가정(大家庭)' 이라고 여기는 그들에게는 이웃이나 직장 동료, 나아가 전체 사회 구성원들을 모두 내 가족처럼 여기는 공동체 의식이 뿌리 깊다.

사람은 누구든 자기 가족에게는 폭력을 휘두르거나 범죄를 저지르지 않는다. 그건 패륜이기 때문이다. 사회 전체적으로 범죄를 일종의 패륜으로 여기는 북녘 사회의 분위기는 그만큼 모두가 한 가족이라는 공동체 의식이 있기에 가능한 것인지도 모른다.

사회주의 붕괴 이후 새로운 진보적 가치를 모색하는 흐름 중에서 공동체운동이 부쩍 주목받고 있다. 다양한 형태의 협동조합운동과 지역과 마을의 공동체운동이 그것이다. 최근 남쪽의 진보운동 내에서도 생태, 환경, 의료, 교육, 지역자치 등 생활 영역 곳곳에서 공동체운동이 활발하다. 이는 지난 시기 진보운동에 대한 반성과 성찰의 당연한 결과인지도 모른다. 중앙의 권력구조를 겨냥한 거대담론이 현실성을 획득하기 위해서도 대중들의 생활에 기반을 둔 진보적 진지 확보는 필수적이기 때문이다.

법정스님의 가르침, 一卽一切多卽一

지난 2010년 3월 11일 열반에 드신 법정스님은 '한 사람은 모두를 모두는 한 사람을'(一卽一切多卽一)이란 가르침을 남기셨다. 이는 저마다 피어나는 하나하나에는 전체가 담겨 있으며, 그 하나하나가 모여 전체를 이룬다는 가르침이다. 법정스님의 가르침 속에는 오늘날 우리 사회가 안고 있는 문제점과 앞으로 나아가야 할 방향이 오롯하게 담겨 있다. 그 가르침의 핵심은 더불어 사는 사회, 함께 나누는 세상일 것이다. 더불어 사는 세상이야말로 가장 아름다운 사회, 행복한 세상이다.

오늘의 북녘 사회를 놓고 이런저런 비판이 적지 않다. 그 비판의 옳고 그름을 따지는 것은 부질없는 일인지도 모른다. 체제의 옳고 그름을 따지는 데는 어차피 이데올로기적 채색이 덧붙여질 수밖에 없다.

오늘의 북은 분명 체제의 위기라 할 만큼 어려운 현실에 처해 있다. 해마다 반복되는 식량난에, 미국의 군사적 압박봉쇄에 따른 과중한 군사비 부담으로 인민생활에 적신호가 켜진 지도 오래다. 이 때문에 아사자가 속출한다, 탈북자가 줄을 잇는다, 참 말도 많았다. 최근까지도 만성적인 경제난과 식량난으로 체제붕괴가 머지않았다는 진단이 계속해서 이어지고 있다.

그런데 북에 대해 그런 식의 주관적 희망을 버리지 못하는 사람들이 한 가지 놓치는 것이 있다. 북의 지닌 집단주의의 저력이다. '하나는 전체를 위하여 전체를 하나를 위하여' 라는 구호가 가진 사회적 생명력이다.

공동체 정신이 살아있는 사회에는 미래가 있다. 왜냐고? 인간은 공동체를 떠나서는 살 수 없는 사회적 동물이기 때문이다. 그것이 바로 인류의 역사이다. 오늘의 북이 숱한 붕괴론 속에서도 꿋꿋하게 버티고 있는 것은 이처럼 공동체 정신이 살아있기 때문이다.

이야기 둘

평등의 터전 위에 경쟁도 꽃 핀다

2004년 방북취재 때였다. 나는 그때 처음으로 금성학원을 방문했다. 금성학원은 북의 대표적인 영재교육기관으로 특히 전국에서 선발된 컴퓨터와 예술 분야의 '재간둥이' 들을 집중 교육하는 곳이다. 학교 관계자의 안내를 받아 학교 시설과 학생들의 수업 광경을 참관했다. 그런데 복도에 게시된 학생들의 성적판이 눈에 띄었다. 놀랍게도 그곳에는 전체 학생들의 등수가 성적순으로 공개돼 있었다. 1등부터 꼴등까지 학생들의 사진과 함께….

솔직히 당황스러웠다. 사회주의 체제의 교육이라면 '경쟁' 보다는 '평등' 에 방점이 찍힐 걸로 생각했다. 하지만 웬걸, 금성학원은 '경쟁' 을 최고의 가치로 여기는 자본주의 학교보다 훨씬 더 노골적으로 학생들의 맨살과도 같은 성적을 드러내고 있었다.

곁에 있던 안내선생에게 물었다.

“북에서는 학생들의 성적을 모두 공개하나 보죠?”

“학생들의 본분은 학습을 열심히 하는 거 아닙니까? 시험에서 누가 몇 등을 했는지 모두가 알 수 있도록 성적을 공개합니다.”

1등부터 꼴등까지 공개된 성적판

“공부 잘하는 애들이야 기분 좋겠지만 못하는 애들은 자존심 상하지 않나요?”

“성적이 부진한 학생들에게는 자극도 되고, 성적이 우수한 학생들도 노력을 게을리 하면 성적이 떨어질 수 있으니 더욱 학습에 몰두하게 됩니다. 남쪽에서는 학생들의 성적을 공개하지 않나요?”

안내선생은 당연한 걸 왜 묻느냐는 식이었다.

“물론 남쪽도 성적을 공개하지만 한편으로는 너무 1등, 1등 하면서 성적에만 매달리는 건 문제라는 지적도 있어요. 아이들을 평가하는 것이 시험 성적만은 아니라는 거죠.”

“저희들도 시험 성적 외에 조직생활, 특기활동까지 포함해 학생들을 종합적으로 평가합니다. 그렇지만 학생들의 기본 임무는 학습이고, 또 성적이 우수한 학생들이 다른 부분에서도 두각을 나타내는 경우가 많습니다.”

안내선생의 설명에도 기분이 개운한 건 아니었다. 남쪽의 특목고에서도 이런 식으로까지 내놓고 전체 학생들의 성적을 만천하에 공개한다는 이야기는 듣지 못했다. 그런데 사회주의 북쪽에서 자본주의 남쪽보다 성적 경쟁을 더 당연시하다니….

무상교육이란 공평한 출발점

그 뒤 만경대학생궁전을 비롯해 다른 교육기관을 몇 차례 더 참관하면서 찜찜한 기분도 조금씩 풀려 갔다. 북은 교육받을 권리와 기회라는 측면에서는 철저하게 '평등'을 지향하고 있었다. 북은 유치원 1년을 비롯해 소학교 4년, 중학교 6년, 총 11년을 의무교육 기간으로 법제화했다. 또 취학 전 탁아소부터 대학교까지, 방과 후 교육프로그램과 평생교육의 장이라 할 각종 공장대학과 농장대학까지 모든 교육과정이 무상교육이다. 교육에 필요한 기자재는 물론 학생들의 학용품까지 국가가 부담하고 있다.

물론 어려운 경제사정으로 교육 인프라가 취약하고, 교육에 필요한 기자재도 턱없이 부족하지만 어쨌든 교육은 국가와 사회가 책임지는 공적 영역이었다. 돈이 없어서 공부를 할 수 없거나 가정형편이 어려워 학업을 포기하는 경우란 없다. 교육받을 권리와 기회만큼은 그 누구도 소외 받지 않고 '평등'한 것이다. 그러한 원칙

북의 금성학원 복도에 게시된 학년별 성적순위판. 1등부터 꼴찌까지 학생들의 성적이 사진과 함께 공개돼 있다.

아래 '경쟁'도 교육과정의 일부라고 생각하는 것이다.

북에서도 자식이 김일성종합대학과 같은 최고의 명문대학에 진학하면 온 집안의 경사라고 한다. 시골의 평범한 노동자의 자식이 김일성종합대학에 합격해 평양으로 유학 올 때, 마을에서 잔치를 벌이는 장면은 남쪽의 모습과 다를 바 없다. 방북취재 때 만난 한 안내선생은 큰아들이 김책공대에 입학했다면서 얼굴에 웃음을 감추지 못했다. 만나는 사람들마다 은근히 자랑이었다. 또 만나는 사람들 역시 자기 일처럼 축하해주었다.

경쟁은 교육적 측면에서도 당연히 필요하다. 최선을 다한 결과는 누구에게나 자랑스러운 것이다. 문제는 그 경쟁이 불평등한 조건에서 진행될 때다. 경쟁 과정에서의 반칙도 문제이지만 처음부터 동등한 조건에서 벌이지 않는 경쟁 역시 부당하다. 1등이 존중받으려면 그 경쟁이 누구에게나 공평한 출발점에서부터 시작되어야 하는 것이다.

교육받을 권리와 기회의 평등

오늘의 남쪽 현실을 보면 열이면 열 모두가 교육문제가 심각하다고 한다. 학벌 중심의 사회, 공교육 붕괴, 엄청난 사교육비, 급증하는 청소년의 왕따와 자살 등의 이면에는 무너져 가는 교육이 도사리고 있다. 한편에서는 경쟁력 강화를 주장하고, 다른 한편에서는 무한 경쟁의 폐해를 심각하게 지적하고 있다. 그 틈바구니에서 만신창이가 되는 것은 아이들의 몸과 마음이며, 우리 사회의 미래다.

과연 대안은 무엇인가? 최근의 핀란드 교육열풍에 이르기까지 백가쟁명의 처방전이 난무하고 있다. 하지만 가장 기본이 되어야 할 원칙은 교육받을 권리와 기회가 누구에게나 평등하게 주어져야 한다는 점이다. 그러자면 교육이 철저하게 공적 영역으로 들어와야 할 것이다. 하긴 무상급식조차 포퓰리즘이라고 매도당하는 현실에서 교육에 대한 국가의 무한책임은 여전히 요원한 현실이겠지만 교육의 공공성 강화 없이는 경쟁력 강화 역시 요원할 뿐이다.

그런데 인간의 지능이 학습능력에만 국한된 것은 아니지 않는가. '공부머리'는 부족해도 다른 분야에서 뛰어난 능력을 갖는 경우도 많다. 미국의 교육학자 하워드 가드너는 인간의 지능을 음악 지능, 신체-운동 지능, 논리-수학 지능, 언어 지능, 공간 지능, 대인관계 지능, 자기이해 지능, 자연탐구 지능 등 여덟 가지의 '다중지능'(Multiple Intelligences)으로 분류하고 있다. 아이들이 지닌 각각의 우월한 지능들을 조기에 발굴하고 이를 키워주는 것 역시 대단히 중요한 교육과정이다.

이와 관련해 북은 학과 공부 외에 다양한 특기 활동을 통해 학생들의 능력과 소질을 조기 발굴하는 시스템을 갖추고 있다. 다양한 분야에서 활성화된 영재교육이 그것이다. 북에서는 어려서부터 예체능 분야에서 두각을 나타내는 학생들을 별도로 관리한다. 각종 영재학교에서 이들을 집중 육성하고 있다. 이들에게는 대학의 관련학과에 조기 입학하는 특혜가 보장된다. 물론 이 모든 과정은 역시 무상이다. 그 속에서 아이들은 역시 '경쟁'하고 있다.

● 이야기 셋

조선을 위하여 배우자!

'사교육 왕국'에서 학부모로 살아가자니 어느덧 내게도 교육문제가 주관심사가 돼 버렸다. 이런 모습은 방북취재 때도 마찬가지다. 북측 안내선생들과도 육아와 교육에 대한 대화가 많아졌다. 북측의 학교나 교육시설을 둘러볼 때는 내 눈빛도 절로 빛났다.

제도와 시스템 측면에서 볼 때 북의 교육은 배울 점이 많다. 나는 유치원부터 고등학교까지 총 11년간의 의무교육도 부러웠다. 대학은 물론 농장대학, 공장대학까지 사회의 모든 교육과정이 무상인 점도 부러웠다. 방과 후에는 일종의 특기적성교육이라 할 다양한 과외교육 프로그램으로 아이들의 예체능 소질을 개발하는 것도 부러웠다. 어려서부터 각 분야에서 뛰어난 재능으로 두각을 나타내는 아이들에 대한 체계적인 영재교육 시스템도 부러웠다. 그러나 이런 제도나 시스템보다 더 부러운 것이 있었다. 바로 배움의 목표와 철학이었다.

배움의 목표와 철학

2000년대 초반의 방북취재 때였다. 차를 타고 취재장소로 이동하는데 길가로 중학교가 눈에 들어왔다. 어려운 경제사정을 보여주듯 학교 건물은 페인트칠이 벗겨져 있었다. 운동장의 체육시설도 녹이 슬어 볼품없는 상태였다. 그런데 운동장 한쪽 스탠드에 세워진 선전판이 눈에 들어왔다. 거기에는 이런 구호가 적혀 있었다.
'조선을 위하여 배우자.'

그 뒤 금성학원, 창덕중학교, 김일성종합대, 김책공대 등 여러 학교를 취재할 때마다 '조선을 위하여 배우자'는 구호는 늘 내 앞에 우뚝 다가왔다. 만나는 학생들마다 "강성대국을 위해 열심히 공부하겠다" "세계에 조선의 힘을 떨쳐 보이겠다"는 각오를 밝혔다. 그럴 때마다 기분이 묘했다. '아, 이곳은 배움의 목적까지 또렷하구나' 하는 생각이 들다가도 과연 학생들의 머릿속에 성공이나 출세 같은, 그래서 더욱 인간적인, 그런 목표는 없을까 싶기도 했다.

취재를 마친 어느 날 저녁의 술자리. 나는 내 또래의 안내선생에게 이런 '리기(利己)주의'적인 생각을 끄집어내 보였다.

평양의 한 중학교 운동장에 놓여 있는 '조선을 위하여 배우자'라는 선전판. 북이 추구하는 교육의 목표와 철학을 엿볼 수 있다.

"근데 북의 아이들도 공부할 때 솔직히 개인의 출세나 성공을 먼저 생각하지 않나요? 공부 열심히 해서 좋은 대학 가면 직장도 좋은 곳으로 배치 받고, 다른 사람보다 훨씬 빨리 고급관료가 될 수 있다는 그런 생각 말입니다. 그게 현실에서는 훨씬 더 동기유발이 클 것 같은데…."

"하하, 안 선생이 이번에는 이런 식으로 시비를 걸어오네요."

"아니 시비가 아니라 그게 더 효과적일 수 있다는 겁니다. 부모가 자식한테 조국을 위해 열심히 공부하라고 말할 수도 있겠지만 그보다는 공부 열심히 해야 직장도 잘 배치 받고 출세도 할 수 있다, 이렇게 잔소리하는 게 결과적으로는 더 낫지 않나요?"

"당연히 그런 면도 있죠. 동기유발에는 개인의 목표 달성도 중요한 부분이니까요."

조국을 강성부흥 시키겠다는 각오

그러면서 안내선생은 자기의 경험담을 슬쩍 꺼내 이야기를 이어갔다.

"제가 군대를 마치고 대학에 입학했을 때는 고난의 행군이 한창이던 때였습니다. 정말 힘든 시절이었죠. 그런데도 나라에서는 기숙사 학생들에게 세 끼 식량을 빠짐없이 제공해주었습니다. 어린 학생들에게 공급되던 콩우유 역시 하루도 거르는 날이 없었죠. 제 경우를 보자면 군대 있을 때보다 대학 다닐 때 더 잘 먹었습니다. 인민들은 굶는데 우리만 이렇게 먹어도 되는가 싶어 눈물이 나던 때도 많았습니다. 당연히 모두들 학습투쟁에 총력으로 나섰죠. 새벽 2~3시까지 책과 씨름하던 때가 지금도 눈에 선합니다."

그 시절이 떠오르는지 안내선생의 눈에도 눈물이 살짝 맺혔다. '리기적인' 질문을 던진 나는 묵묵히 술잔만 비웠다.

"어떨 때는 교과서가 모자라 책을 베껴 가며 공부하기도 했습니다. 그래도 모두 행복했습니다. 왜냐하면 우리한테는 조국이 있기 때문이었죠. 반드시 내 조국을 강성부흥 시키겠다는 각오가 밤을 새워 공부하던 열정의 밑거름이었죠."

그의 이야기를 들으며 나는 문득 나의 학창시절을 떠올렸다. 그때 내게는 어떤 각오가 있어서 나를 책상에 앉게 했을까. 무엇이 되겠다, 무엇을 하고 싶다는 생각쯤은 내게도 있었을 것이다. 하지만 정작 가장 중요한 '무엇을 위해' 라는 고민은, 당시의 우리는 별로 해보질 않았다.

'공부해서 남 주자' 는 급훈

남쪽만큼이나 북의 교육열도 뜨겁다. 북에서도 김일성종합대학이나 김책공대와 같은 명문대에 입학하는 건 하늘의 별 따기다. 또 그런 일류대를 졸업하면 기업소나 중앙부처의 고위관료로 출세할 수 있는 길이 열린다는 점 역시 남쪽과 마찬가지다. 하지만 차이점도 있다. 남쪽은 부모가 전적으로 자식 교육을 감당해야 하지만 북쪽은 국가가 주도하고 국가가 책임진다는 점이다. 그래서일까. 우리는 교육의 목표와 성취가 개별화되어 있는데 반해 북은 체제와 국가라는 집단 속에 종속되어 있다.

학창 시절 나의 한 은사는 '공부해서 남 주자' 는 말을 급훈으로 교실에 걸어 두었다. 그 은사는 우리에게 "너희들이 공부를 열심히 해서 나중에 의사가 되든, 판검사가 되든, 아니면 기업가가 되든 남을 위해 베풀 줄 알아야 한다"고 강조했다. 이제는 그런 말조차 무색해진 무한경쟁의 시대에 '조선을 위하여 배우자'는 북의 구호는 내게 각별한 기억으로 남아 있다.

방북취재 때 둘러본 북의 학교에는 팍팍한 북의 경제현실이 그대로 묻어났다. 그나마 형편이 나은 평양의 학교에서조차 학생들의 학용품은 초라했다. 교과서나 공책 종이는 남쪽에서는 이제 찾아보기 힘든 너덜너덜한 갱지였다. 교육기자재나 실험도구들도 오래된 티가 역력했다. 그럼에도 나는 그곳에서 북의 미래를 엿볼 수 있었다. '조선을 위하여' 배우는 학생들의 무한도전이 있는 한 북의 미래는 결코 어둡지 않다. 그 힘이 그토록 어려운 경제현실 속에서도 인공위성을 쏘아 올리고, 최첨단의 CNC 기술도 만들어낸 것이다.

오늘도 일류대학 진학을 위해 밤늦도록 학원을 전전하는 학생들, 그리고 사교육비에 허리가 휘면서도 이를 묵묵히 감내하는 학부모들…. 나는 남쪽의 우리 모두에게 이 말을 되묻고 싶다. 과연 우리는 무엇을 위해 배우는가.

● 이야기 넷

〈아리랑〉이 왜 불편할까?

2010년 8월에 이어 2011년에도 〈대집단체조 아리랑〉(이하 〈아리랑〉) 공연이 열릴 예정이라고 한다. 2002년 평양 릉라도의 5·1경기장에서 첫 선을 보인 〈아리랑〉은 수해 피해가 컸던 2004년에 공연이 취소되기도 했지만 2005년을 거쳐 2007년부터 매년 5·1경기장에서 공연되고 있다.

연인원 10만 명이 참여하는 세계 최대의 집단체조로 기네스북에도 등재된 〈아리랑〉은 한마디로 북의 체제를 상징하는 대규모 퍼포먼스다. 집단체조와 2만 명의 카드섹션으로 만들어내는 배경대, 그리고 다양한 예술공연이 어우러진 〈아리랑〉은 세계에서 유례를 찾기 힘든 공연으로 해외 관광객 유치에도 큰 역할을 하고 있다.

〈아리랑〉과 관련해 기억나는 에피소드가 있다. 2007년 5월의 일이다. 《민족21》은 북측 민화협과 공동으로 '평양－남포 통일자전거대회'를 주최한 적이 있었다. 당시 150여 명의 남측 사람들이 5월 25~29일 전세기를 타고 평양을 방문했다. 행사를 준비하면서 참가 희망자로부터 가장 많이 받은 질문이 "〈아리랑〉을 볼 수 있냐?"는 것이었다.

"〈아리랑〉을 못 본다면 오지도 않았다"

당시 〈아리랑〉은 4월 15일에 개막해 6월 15일까지 진행될 예정이었다. 통일자전거대회 기간이 〈아리랑〉 공연 기간과 맞물린 관계로 참가자들의 〈아리랑〉 관람에 대한 기대는 자못 컸다. 나는 이들에게 '특별한 문제가 없는 한' 가능하다고 설명했다.

그런데 막상 평양에 도착하고 보니 '특별한 문제'가 터지고 말았다. '모내기 전투' 때문에 〈아리랑〉 공연이 1주일간 중단되었다는 것이었다. 하필이면 통일자전거대회 일정이 모내기 전투 기간과 겹친 것이다. 모내기 전투 때는 어린아이들까지 총동원돼 하다못해 못줄이라도 잡는다고 한다. 10만 명이 참가하는 〈아리랑〉 공연이 중단되는 것도 당연한 일이었다.

평양에 도착한 첫날 저녁, 예상치 못한 상황을 참가자들에게 설

연인원 10만 명이 동원되는 세계 최대의 공연인 〈아리랑〉은 한마디로 북의 집단주의 체제를 상징하는 대규모 퍼포먼스다.

명했다. 곳곳에서 항의와 푸념이 쏟아졌다. 일부는 "〈아리랑〉을 볼 수 없다는 걸 진즉 알았다면 여기에 오지도 않았다"며 강력하게 항의해왔다. 북측 민화협과 상의해 평양교예극장에서 세계 최고 실력을 자랑하는 평양교예단의 교예를 관람하는 일정을 급히 집어넣었다. 그래도 참가자들의 불만은 쉽사리 가라앉지 않았다.

그날 밤 강력하게 항의해왔던 몇 사람들과 술자리를 갖게 됐다. 이들은 평양으로 출발하기 전부터 이미 '요주의 인물'로 꼽힐 만큼 보수적이고 반북적인 성향이 강한 사람들이었다. 그랬던 사람들이 강력하게 항의해 조금은 뜻밖이기도 했다. 〈아리랑〉 공연을 두고 남측에서는 체제 선전용이라는 비판도 많았다. 그런데도 꼭 봐야겠다는 이유가 뭔지 궁금했다. 그들의 대답은 간단했다. "다른 나라에서는 절대 볼 수 없는, 세계에서 단 하나밖에 없는 공연이기 때문"이라는 것이다.

"체제 선전용이라는데 우리 같은 사람들이 공연 하나 봤다고 세뇌될 리가 있겠소? 이런 게 북의 모습이구나 느끼면 그만인 거지. 〈아리랑〉은 북을 대표하는 관광상품 아닙니까? 여기까지 와서 못 본다는 게 정말 아쉽소."

어린 학생에게 너무 가혹한 것 아닌가?

나는 지금까지 〈아리랑〉 공연을 두 차례 관람했다. 그 소감을 말하자면 한마디로 '대단하다' 고밖에 표현할 수 없다. 일단 규모에서 그렇고, 예술성에서도 그렇다. 무엇보다 〈아리랑〉은 북이 내세우는 집단주의의 실체를 엿볼 수 있다. 10만 명의 공연을 조직하는 것 자체가 집단주의 사회가 아니고서는 불가능한 일일 것이다. 하나의 톱니바퀴처럼 일사분란하게 움직이는 장면들은 집단주의 사회가 아니고서는 나타낼 수 없는 형상이었다. 특히 어린 학생들의 집단체조와 단체무용, 배경대 형상에서 오랜 연습의 결과라는 게 느껴졌다.

그 때문에 남쪽에서는 비판도 많다. 체제 선전을 위해 어린 학생들을 몇 달씩이나 혹사시킬 수 있냐는 지적이다. 학생들에 대한 명백한 인권 탄압이라는 것이다. 이런 지적은 진보적인 시민단체에서도 적지 않다. 나 역시 그런 경험이 있었지만 군사정권 시절 정권 홍보를 위한 각종 행사에 동원돼 카드섹션을 했던 남쪽 사람들로서는 정서적 거부감이 만만치 않을 수밖에 없다.

하지만 생각을 달리 해보자. 우리는 김연아 선수가 어린 시절부터 세계 최고의 선수가 되기까지 겪었을 혹독한 훈련과정에 대해 "어린 학생에게 너무 가혹한 것 아니냐?"며 비판하지는 않는다. 오히려 인고의 세월을 견뎌낸 한 인간의 아름다운 도전과 성공에 감동한다. 이승엽 선수의 손바닥에 잡힌 굳은살을 보면서도, 박지성 선수의 놀라운 폐활량과 무쇠다리를 보면서도 마찬가지다. 지난한 훈련과 도전 정신으로 정상의 자리에 오른 그들의 모습에서 우리는 가슴 찡한 감동을 느낀다.

집단주의로 빚어낸 아름다운 도전

물론 이는 개인의 성공과 성취에 관한 것이니 〈아리랑〉에 '동원'되는 것과는 다른 차원이라고 말할 수도 있다. 하지만 성공의 감동과 성취감이 어찌 개인에게만 적용되는 것이겠는가. 한 사회가 공동의 가치와 목표를 향해 다함께 노력하는 것 역시 감동적이다. 〈아리랑〉에는 공훈배우급 예술가들도 다수 출연한다. 하지만 공연의 하이라이트라 할 집단체조와 배경대에는 매년 평범한 노동자와 학생들이 수만 명씩 새로 참여하고 있다. 이들이 몇 달씩 계속되는 고된 연습을 이겨내고 세계 유일의 집체극을 만들어내는 것이다.

인간은 사회라는 거대한 집단의 주인이다. 때론 너무나도 평범해 일개 소모품처럼 여겨질지라도 작은 나사못 하나하나가 모여 거대한 기계를 만들어내듯 평범한 대중들의 집단적 힘이 세상을 아름답게 창조해나간다. 하지만 '개인' 만이 절대화된 자본주의 시각에서는 '집단' 은 늘 불편하고 거추장스런 존재일 뿐이다. 그렇다 보니 집단을 강조하면 으레 독재나 파시즘을 연상한다.

10만 명의 대집체극, 〈아리랑〉을 바라보는 불편한 시선도 결국 여기에서 비롯되는 것은 아닐까? 하지만 정상을 향한 개인의 노력과 도전이 아름다운 것처럼 자신들의 체제와 역사를 세계 앞에 보여주는 북녘 인민들의 집단적인 땀방울 역시 아름다운 도전이다. 그래서 나는 〈아리랑〉이 불편하지 않다.

● 이야기 다섯

어떻게 돈을 받습니까?

최근 남쪽 사회에도 '복지'가 화두로 떠오르고 있다. 2010년 지자체와 교육감 선거 때 이슈가 된 무상급식은 물론이고 무상보육, 무상의료 문제도 본격 토론되고 있다. 게다가 최근의 전세값 폭등을 계기로 공공임대주택 대량 공급과 임대차보호법 제정의 필요성 역시 대두되고 있다. 이러한 복지 문제는 한나라당이 주장하는 '선별적 복지'와 민주당과 민주노동당 등 야당에서 주장하는 '보편적 복지'의 논쟁으로 확대되면서 2012년 총선과 대선을 앞둔 정치권의 최대 이슈로 떠올랐다.

그런데 한 가지 재미있는 것이 있다. 보수진영 일부에서 야당이 내세우는 '보편적 복지'에 대해 "북한처럼 하다간 나라가 결딴난다" "야당의 정책은 조선노동당의 주장과 다를 바 없다"며 시비 거는 모습이다. 복지 문제에서조차 친북논쟁과 색깔론이 등장한 것이다.

'무상복지=북의 정책'이라고 주장하지만 실상은 그렇지 않다. 무상의료의 경우 1946년 3월 북조선 인민위원회에서 공포한 20개 정강 중의 하나에 포함돼 있었다. 그뒤 북은 1960년에 최고인민회의 결정으로 전반적인 무상치료를 전 지역에 걸쳐 실시한다고 발표했다.

'면비(免費) 의료를 보시(布施)하라'

하지만 무상의료는 해방 이전인 1941년, 임시정부에서 이미 천명했던 정책이다. 임시정부 건국강령 3장 건국편 5조 7항을 보면 "공인(工人)과 농인(農人)의 면비(免費) 의료를 보시(布施)하여 질병 소멸과 건강을 보장한다"는 내용이 나온다. 그러므로 임시정부의 정통성을 계승한다고 강조하는 대한민국 정부라면 무상의료정책을 적극 도입해야 마땅한 것이다.

방북취재 때마다 나는 북의 무상정책을 실생활에서 자주 접하곤 했다. 북의 소학교, 중학교 학생들의 과외교육기관인 만경대학생소년궁전에서 만난 교사들은 "교육비는 얼마나 드냐?" 라고 묻는 남측 방문객들의 질문을 처음에는 잘 이해하지 못했다. 나중에서야 질문의 내용을 이해하고는 "아니, 아이들을 교육시키는 것은 국가의 당연한 의무인데 어떻게 돈을 받을 수 있습니까?" "아이들은 나라의 왕입니다. 왕한테 돈을 받는 경우도 있습니까?" 하며 되묻곤 했다.

또 북이 자랑하는 평양산원(북 최대의 산부인과 병원)을 방문했을 때도 마찬가지다. 평양산원에는 치료비를 내는 수납창구 같은 곳이 없었다. 평양산원 관계자는 "우리 공화국에는 전체 인민들에 대한 무료치료를 법으로 정해 놓고 있습니다. 그래서 치료비 같은 게 없습니다"라고 자랑스레 말했다.

성장 없는 복지, 복지 없는 성장

또 한번은 남북노동자통일대회를 취재했을 때였다. 만찬 때 한 테이블에 앉게 된 남북의 노동자들이 서로 권커니 받거니 하면서 술이 몇 순배 돌았다. 그러다 서로 살아가는 이야기를 나누게 됐다. 대화 도중 주택 문제가 화제에 올랐다.

"북에서는 나라에서 노동자들에게 집을 공짜로 나눠준다는데 사실입니까?"

"나라에서 주택을 배정해주기는 하지만 공짜는 아닙니다. 사용료를 내야 합니다."

동평양 지역의 아파트 단지 전경. 북의 주택정책은 소유권은 국가가 가지고 인민들에게는 사용권을 준다는 면에서 일종의 영구임대주택 정책이라 할 수 있다.

"사용료요?"

"예."

"그게 얼마나 되는데요?"

"방이 몇 칸짜리냐에 따라 다르지만 대략 월급의 2~3% 정도를 내고 있습니다."

그러면서 자신은 부모님을 모시고 사는 여섯 식구의 대가족이라 세 칸짜리 집을 배정받았다고 했다. 그 말에 남측 노동자들은 일제히 부러움의 눈길을 보냈다. 이러한 북의 주택정책은 주택의 소유권은 국가가 가지고 인민들에게는 사용권을 준다는 면에서 일종의 '영구임대주택' 이라 볼 수 있다.

물론 1990년대 이후 경제적 어려움이 가중되면서 이러한 북의 무상정책이 '빛 좋은 개살구' 라는 지적도 많다. 무상교육이라지만 열악한 교육환경과 인프라로 어려움에 처해 있다. 무상의료 역시 의약품은 부족하고 의료장비는 낙후돼 제대로 된 의료서비스를 인민들에게 해주지 못하고 있다.

주택문제도 마찬가지다. 신규주택 공급이 어려워져 지방에서는 신혼부부도 몇 년씩 기다려야 차례가 돌아올 정도라고 한다. 또 나라에서 직장을 다 마련해주기에 실업자가 없다지만 공장가동률이 떨어져 노는 일손도 적지 않다. 무상배급 역시 만성적인 식량난에 배급제 자체가 흔들리고 있다는 말도 들린다. 어려운 경제현실로 무상정책이 제대로 실현되지 못하고 있는 것이다. 그렇다 보니 성장 없는 복지가 얼마나 허망한지 북을 보면 알 수 있다는 비판도 나온다.

인간의 행복과 국가의 역할

한날은 북측 안내선생들과 이야기를 나누다 개개인의 경제생활에서 국가의 책임범위가 어디까지인지 토론을 벌인 적이 있었다. 아마도 북에서 개인별 실적에 따른 성과급 제도가 본격 도입된 2002년 7·1경제관리개선조치 이후였을 게다.

7·1경제관리개선조치는 여러 부문의 경제개혁 방안을 담고 있다. 하지만 나는 그 요지가 경제부분에서 국가의 책임을 줄이고 시장 등 개별경제의 영역을 확대하며, 개인의 능력에 따른 차별을 인정하는 것이라고 보았다. 이는 '실적' 에 따른 차등 분배를 통해 인민들의 노동의지를 고양시켜 경제위기를 돌파하려는 북측 당국의 의도가 반영된 것이기도 했다. 이러한 흐름 속에 '실리사회주의' 라는 표현도 등장하기 시작했다.

그런데 그날 토론에서 우리가 공감했던 부분은 인민들의 최소한의 의식주 생활은 국가가 보장해야 한다는 점이었다. 좀 더 구체적으로 교육, 의료, 주거, 식량문제는 공공의 영역으로 국가가 책임져야 한다는 것이었다.

당시 북의 안내선생은 이를 두고 “사회주의의 원칙”이라고까지 강조했다. 하지만 어찌 사회주의의 원칙뿐이겠는가. 자본주의라고 그런 원칙이 필요 없을까. 이는 사회주의, 자본주의의 문제가 아니라 인간의 생존과 행복의 문제인 것이다.

지금 북쪽은 어려운 경제상황으로 자신들이 지켜온 원칙이 흔들리고 있다. 그리고 남쪽은 새롭게 원칙을 세우는 과정에서 진통을 겪고 있다. 하지만 동서고금을 막론하고 변하지 않는 원칙이 있다. 백성 없는 나라는 존재할 수 없다는 사실이다. 인류 역사의 모든 정치가 여기서부터 출발했다. 복지국가 역시 출발점은 바로 여기에서부터다.

덧붙이는 말 한 가지. 남북이 상호군축에 합의해 국방비를 절반으로 줄인다면 현재 남측에서 논란되는 무상정책도 단번에 가능해질 것이다. 쉬운 길을 놓고 어렵게 논쟁하고 있는 것이 답답할 따름이다.

이야기 여섯

건달꾼을 몰아내자

2004년 방북취재 때였다. 이전 방북 때와 달리 거리 곳곳마다 다양한 매대(노점)가 늘어선 것이 눈에 띄었다. 매대는 여름에는 아이스크림이나 음료수, 겨울에는 군고구마와 군밤 등 간단한 먹을거리를 팔기도 하고, 기념품이나 소비품들을 팔기도 했다.

안내선생 말로는 인근의 식당이나 상점에서 운영하는 매대들이라고 했다. 그러면서 매대에서 발생하는 수익은 봉사원(북에서는 호텔이나 식당 등에서 일하는 여성 종업원을 봉사원, 혹은 접대원이라 부른다.)들에게 성과급으로 지급되기 때문에 판매경쟁이 치열하다고 귀띔했다. 2002년 7·1경제관리개선조치 이후 나타난 현상들이었다.

치열한 판매경쟁은 일반 상점에서도 마찬가지였다. 하루는 부모님께 드릴 선물로 장명(자연버섯에서 추출한 면역조절제로 특히 노화방지, 암

치료에 효과가 크다고 남쪽에도 입소문이 크게 났다.)을 사려고 숙소인 양각도호텔 상점에 들렀다. 봉사원에게 가격을 물으니 60달러라고 했다. 예전에 민족식당에서 50달러에 산 경험이 있었던 나는 봉사원에게 비싸다고 말하곤 발길을 돌리려고 했다. 그런데 봉사원이 급히 나를 불러 세웠다.

"선생님, 그냥 가지 마십시오. 남쪽에서 오셨으니 특별히 50달러에 드리겠습니다."

하룻밤 새 바보가 된 경험

순간 나는 놀랐다. 봉사원이 직접 가격을 흥정하며 적극적으로 판매에 나서는 것을 예전에는 한 번도 경험하지 못했기 때문이다. 이전까지만 해도 봉사원들은 손님이 오는지 가는지 별 관심도 없었다. 상품에 대해 이것저것 물어봐도 건성으로 대답하는 경우가 대부분이었다. 그럴 때마다 나는 도대체 물건을 팔겠다는 건지 답답하기까지 했다.

그런데 이번에는 자세가 전혀 달랐다. 나는 흥정을 거듭하면서 마침내 장명 6개를 270달러에 구입했다. 개당 45달러에 산 셈이다. 나는 사회주의의 도시 평양에서 물건 값을 흥정하는 이색적인 경험에다 기어이 내가 원하는 가격에 물건을 샀다는 만족감에 흐

못했다.

그런데 다음날 저녁식사를 위해 민족식당에 들렀다가 전날의 흐뭇한 만족감은 단번에 무너지고 말았다. 그곳에서는 장명을 45달러에 팔고 있었다. 게다가 동행한 이는 흥정 끝에 6개를 240달러에 구입했다. 하룻밤 새 나는 바보가 된 기분이었다. 그날 밤 이런 '속상한' 경험을 안내선생에게 털어놓자 그는 껄껄 웃으며 말했다.

"요새 우리 공화국에서는 상점들마다 판매경쟁이 치열하단 말입니다. 다들 이윤을 줄여서라도 더 많이 팔려고 하지요. 왜 박리다매란 말도 있지 않습니까? 값을 좀 깎아주더라도 많이 파는 게 더 낫다고 생각하게 된 겁니다."

'실리'를 강조하면서 나타난 현상들은 이밖에도 많았다. 2008년도 방북 때의 일이다. 뜻밖에도 호텔 측으로부터 '봉사가 마음에 드시는 가요?'라는 제목의 봉사원 평가서를 받았다. 봉사원의 인상은 좋았는지, 봉사가 신속했는지, 음식은 맛있었는지, 가격은 적합했는지를 세세하게 묻고, 손님에게 직접 평가해달라는 것이었다. 봉사원의 말로는 이러한 평가에 기초해 봉사가 우수한 봉사원에게는 별도의 성과급이 지급된다고 했다.

또 한번은 호텔의 스카이라운지에서 술을 마시는데 대동강맥주(영국의 양조회사에서 생산설비를 통째로 도입해 제조하는 북의 대표적인 맥주로 특히 맥아의 함유량이 높아 유럽풍의 진한 맛을 자랑한다. 2011년

최근 북에서는 판매수익에 따라 봉사원들에게 성과급이 지급되면서 각 상점과 식당마다 판매경쟁이 치열하다. 사진은 고려호텔 식당에서 만난 봉사원들.

6월에는 미국시장에도 수출될 예정이라고 한다.) 가 떨어졌다. 봉사원은 대신 룡성맥주를 권했다. 하지만 우리는 계속 대동강맥주를 요구했다. 그 봉사원은 "잠시만 기다려 달라"고 하더니 어디론가 급히 갔다.

한참 뒤 봉사원은 이마에 땀방울이 송글송글 맺힌 채 돌아왔다. 그의 양손에는 대동강맥주가 있었다. 맨 꼭대기 층에서 1층의 다른 술집까지 내려가 대동강맥주를 직접 구해 왔다는 것이다. 조금이라도 더 이윤을 남기려는 모습이었다. 이와 같은 봉사는 예전 같으면 상상할 수 없는 것이었다.

더 이상 공짜는 없다

이러한 실리의 분위기는 봉사 분야에만 국한된 것이 아니었다. 2005년 11월 만경대농장을 취재했을 때다. 당시 인상적인 대목이 생산액을 초과달성한 부분을 분조에 차등지급하는 것이었다. 여성으로 최고인민회의 대의원이기도 한 만경대농장의 김영복 관리위원장은 "분조가 초과달성한 부분은 분조원들에게 일한 만큼 더 준다"고 강조하면서 "평균주의는 없다. 농장원들이 서로 더 많은 성과를 내려고 경쟁이 치열하다"고 했다. 이렇듯 분조마다 분배몫이 차이가 나자 실력 있고 신망 있는 분조장을 선출하려는 요구들도 높아졌다고 한다.

노동자들도 마찬가지다. 2005년 11월 평양화장품공장을 취재했을 때다. 나는 공장 안에서 '사회주의 경쟁실적판'을 발견했다. 마치 보험회사 영업사원들의 실적그래프처럼 도표화된 실적판에는 개별노동자들과 작업반의 월별 실적들이 정리돼 있었다. 노동자들은 이러한 실적에다 기능급수에 따른 기본급여를 더해 월급을 차등 지급받고 있었다. 또 공장마다 독립채산제를 시행해 계획을 초과달성한 부분에 대해서도 그 성과를 노동자들의 실적에 따라 차등 지급하고 있었다.

이 때문에 공장별로, 또 개인별로 실적에 따라 몇 배씩 임금이 차이가 나곤 했다. 그러니 공장 지배인과 기사장들의 실력이 무엇보다도 중요해졌다. 노동자들 역시 과거처럼 대충 일하고 똑같이 월급을 가져가는 '건달꾼' 생활이 불가능해졌다.

실리사회주의라는 새로운 실험

사회 전반적으로 실리가 강조되면서 북의 인민들의 노동의욕 역시 고취되었다, 하지만 빛이 있는 만큼 그림자도 있었다. 이윤을 앞세우는 사고방식이 확산되고, 개인이든 기업이든 경쟁이 치열해지자 돈벌이에 몰두하는 '리기주의자'들이 많아졌다. 장마당이 늘어나고, 개인들도 부업에 몰두했다.

이 때문에 북측 당국은 2009년 11월 화폐개혁 조치와 함께 대대적인 불법시장 단속에 나서기도 했다. 정당한 노동대가는 장려하되 불법적인 개별 경제활동은 막겠다는 것이다.

2000년대 들어 사회적으로 확산된 '실리'에 대한 강조는 경제재건의 핵심요소라 할 수 있다. 그렇다면 실리사회주의 경향은 북이 전통적으로 강조해온 경제원칙과 어떻게 연관되어 있을까? 북은 사회주의헌법 제32조에서 정치 · 도덕적 자극과 물질적 자극을 옳게 결합시키는 지도와 관리의 원칙을 강조해왔다. 하지만 이제까지는 정치 · 도덕적 자극을 앞세우는 경향이 강했다.

그러다 1990년대 중반 고난의 행군 시절 식량배급이 중단되는 등 계획경제 시스템이 붕괴될 위기상황이 왔다. 인민들은 개인적으로 먹고사는 문제를 해결해야만 했다. 예전처럼 국가가 모든 것을 책임져 주지 못하는 상황에서 불가피한 일이었다. 이러한 흐름을 체제내화 한 것이 실리사회주의인지도 모른다.

그렇다면 실리사회주의의 종착지는 어디가 될까? 실리사회주의 속에는 개인과 국가, 시장과 계획이 공존하고 있다. 계획경제라는 큰 틀 속에 시장과 개인을 결합하는 북의 실리사회주의는 체제수호와 경제재건을 위한 새로운 실험이다. 과연 이 실험은 개혁개방의 신호탄이 될 것인가. 아직은 좀 더 지켜봐야 할 것이다.

이야기 일곱

수백만 아사설의 진실

지난 2009년 유엔인구활동기금(UNFDA)에서 북의 총인구를 발표했다. 2008년 10월 1일~15일 조사요원 3만 5200명을 동원해 총 588만 7767가구를 대상으로 조사한 결과다. 이에 따르면 북의 총인구는 2405만 1218명으로 집계됐다고 한다.

1993년 인구센서스 이후 15년 만에 실시된 이번 조사는 군 시설 거주자 70만 2373명까지 포함해 집집마다 방문한 전수조사였다. 1993년 당시 북이 발표했던 인구는 2121만 명이었다. 15년 새 300만 명 가까이 늘어난 셈이다.

이 조사결과를 보고 문득 1999년 《말》지 기자 시절의 취재장면이 떠올랐다. 당시 나는 연이은 자연재해와 식량난으로 북에서 수백만 명이 아사했다는 보수언론과 일부 시민단체 주장의 신빙성을 확인하는 취재를 하고 있었다.

취재내용 중 한 축은 유엔이나 미국 CIA를 비롯한 서방국가의 정보기관과 남쪽의 국정원에 보고된 북의 인구 추정치를 샅샅이 찾는 일이었다. 당시 대부분의 기록은 1993~98년의 인구증가율을 1% 내외로 추정하면서(예년의 경우 평균 1.6%대) 인구증가가 완만해졌다는 내용들이었다.

1800만이라는 인구가 2400만?

일단 정보기관들의 추정내용을 근거로 식량난이 심각했던 '고난의 행군' 때와 그 이전의 정상적인 인구증가 때를 비교해보았다. 대략 20~40만 명 가량 인구가 덜 증가했다는 점을 확인할 수 있었다. 이들을 모두 아사자로 추정한다 해도 수백만 명 아사 주장은 아무런 근거도 없는 주장이었다. 당시 통계청 당국자도 "식량난이 가장 심한 지역에서 탈북한 몇몇 사람의 말을 일반화시켜 북 전체의 아사자 수를 추정하는 방법은 통계와는 거리가 먼 비과학적 주장"이라고 명확히 밝혔다는 것이 기사의 요지였다.

10여 년 전 수백만 아사설이 진실이었다면 북의 현재 인구는 절대 2000만을 넘길 수 없다. 수백만 아사를 주장했던 보수언론과 시민단체에서는 그동안 만성적인 식량난으로 북의 인구가 1800만

북은 부족한 농토에다 비료난, 이상기후 등으로 만성적인 식량난에 시달리고 있다. 하지만 수백만의 아사자가 발생했다는 주장은 신빙성이 떨어진다. 사진은 모내기 중인 북측 농민들.

아래로 줄었을 것이라고까지 예측해왔다. 유엔의 조사결과와는 600만 명이나 차이가 난다. 전체 인구의 25%에 해당하는 수치다.

하나의 사물을 놓고 어떻게 하면 이렇게까지 분석 결과가 달라질 수 있을까? 둘 중 하나는 분명 거짓말을 하고 있는 것이다. 과연 유엔의 조사결과를 거짓으로 봐야 할까? 아니면 수백만 아사 주장을 터무니없다 해야 할까?

2009년 유엔인구조사에는 유엔인구활동기금의 요청에 따라 남북협력기금에서 400만 달러가 지원됐다. 또 남쪽의 통계청에서 센서스 방식과 기법을 제공했다. 이처럼 적지 않은 비용과 과학적인 조사방식을 동원해 유엔에서 진행한 조사를 두고 믿을 수 없는 통계자료라고 우기기에는 설득력이 없을 것이다. 그래서인가, 보수언론에서는 이 조사결과에 대해서만 짤막하게 보도했다. 또 자신들의 주장과 달리 북의 인구가 2400만에 달하는 것에 대해서는 모두 입을 닫았다.

쪽박까지 차버리는 놀부 심보

방북취재 초창기 나는 북측 안내선생들에게 식량난과 아사설에 대해 조심스레 물어보았다. 그들은 남측 언론의 수백만 명 아사 보도에 대해 터무니없는 중상모략이라고 펄쩍 뛰었다.

"수백 만 아사자 주장은 우리 체제를 모략 비방하는 악의적인 내용입니다. 지어(심지어)는 인육까지 먹는다는 보도도 있었죠. 이런 식의 보도는 도와주지는 못할망정 쪽박까지 차버리는 놀부 심보나 다름없는 겁니다. 그 때문에 우리 인민들도 마음이 많이 상했습니다."

그 뒤 여러 차례 방북취재를 하면서 개인적 친분이 쌓이게 되자 그들은 1990년대 '고난의 행군' 시절의 참혹했던 이야기를 조금씩 들려주었다.

"고난의 행군 당시로 말하자면 정말로 힘들었습니다. 황해북도의 어느 협동농장에서는 일하던 여성이 보이지 않아 농장원들이 찾아보니 논두렁에 쓰러져 있었는데 이미 숨을 거두었다고 하고, 또 나이 든 노인이 자식들에게 짐이 되기 싫다면서 스스로 목숨을 끊었다고도 하고, 어느 마을에서는 아이를 낳던 산모도 신생아도 모두 세상을 떴다고도 하고…."

그들 역시 1990년대 고난의 행군 시기에 적지 않은 사람들이 죽었다는 점을 인정했다. 직접적인 아사자가 아니더라도 기아에 따른 건강 악화와 의약품 부족으로 아까운 목숨들을 잃었다고 했다. 또 그 와중에 어려운 현실을 버텨내지 못한 사람들이 가족과 고향을 등지고 국경선을 넘기도 했다는 것이다.

그런데 2000년대 들어 경제사정이 조금씩 나아지면서부터 고난의 행군기를 다룬 수기와 소설들도 많이 출판되었다고 한다. "그처럼 어려운 시절도 이겨냈으니 이제는 모두 경제건설에 총매진하자"는 그런 의도에서 펴낸 책들이라고 했다.

반북여론 견인차 된 수백만 아사설

수백만 아사설은 남쪽 사람들의 머릿속에 북에 대해 부정적 인식을 심는 데 엄청난 위력을 발휘했다. "인민들을 굶겨 죽이는 체제" "백성도 제대로 먹이지 못하는 지도자"라는 식의 비난이 보수진영은 물론 진보진영 내에서까지 터져 나왔다. 자연히 "못 사는 북과 통일하면 우리만 손해"라는 생각도 강해졌다. '퍼주기' 논란이 남남갈등의 한 축을 이루기도 했다. 이렇듯 수백만 아사설은 반북 여론의 견인차가 되었다.

그로부터 10여 년이 지난 현재까지도 수백만 아사설의 잔영은 남아 있다. 해마다 북의 식량난이 심각하다는 보도가 나오면 보수언론은 다시 아사설을 퍼뜨렸다. 익명의 탈북자를 인용한 정체불명의 이야기가 지면을 메웠다. 그럴 때마다 남쪽 사람들의 북에 대한 부정적 인식도 커질 수밖에 없다. 그 와중에 북쪽의 식량사정이 어렵다고 하니 남쪽에서 좀 도와주자는 의견도 적지 않았다. 하지만 아쉬운 쪽에서 고개 숙이고 들어올 때까지 기다리자는 보수언론의 선동과 이명박 정권의 오만함 속에 대북 쌀 지원의 주장도 묻혀 버리고 있다.

해마다 남아도는 쌀을 창고에 보관하는 비용만도 연간 4000억원에 달한다고 한다. 농민들은 농민들대로 매년 정부의 쌀 수매량이 감소해 어려움을 겪고 있다. 이런 현실을 타개할 방안은 없을까? 대북 쌀 지원이 가장 효과적이다. 그런데도 이것이 불가능한 이유는 뭘까? 김남주 시인은 〈사랑〉이란 시에서 "인간의 사랑만이 사과하나 둘로 쪼개 나눠 가질 줄 안다"고 했다. 나는 '사랑' 마저 정치논리로 바라보는 우리의 시선이 답답하다. 정말로 비상식적인 것은 남는 쌀을 지원하는 것조차 거부하는 남쪽이 아닐까?

● 이야기 여덟

고맙다, 류경호텔

평양 보통강구역에 위치한 105층의 류경호텔이 최근 외벽 유리 공사를 마무리하고 내부 공사가 한창이다. 2010년 5월 27~29일 평양을 다녀온《민족21》정기열 편집기획위원(중국 칭화대 초빙교수)의 말에 따르면 북측은 조만간 류경호텔의 절반 이상을 해외에 분양할 계획이라고 한다.

류경호텔 소식을 들으면서 나는 2001년 8월 첫 방북취재 때가 떠올랐다. 당시 8·15민족통일대축전 참가를 위해 방북길에 올랐던 360여 명의 남측 대표단은 45인승 버스에 나눠 타고 평양 시내 곳곳을 둘러보았다. 버스에는 10여 명의 북측 안내원들도 동승했다. 대부분 첫 방북길인 남측 대표단은 긴장과 흥분 속에 주체탑과 개선문, 인민대학습당 등 북이 자랑하는 대규모 건축물들을 참관했다. 그러던 중 멀리서 엄청나게 높은 건물이 내 눈에 들어왔다. 나는 그 건물을 가리키며 북측 안내원에게 물었다.

10년간 반복된 대답, "인차 완공될 겁니다"

"저 건물은 무엇입니까?"

"무슨 건물 말하십니까?"

"저 멀리 끝이 뾰족한 삼각형 모양의 높은 건물 말입니다."

"류경호텔 말씀이군요."

"아, 류경호텔…. 그런데 아직 완공되지는 않았나 보네요?"

"인차(곧) 완공될 겁니다."

평양은 높은 산도 하나 없이 완만한 구릉 외에는 대부분 평지다. 그러니 류경호텔은 평양의 어디를 가나 눈에 띄었다. 당시 내 눈에 비친 류경호텔은 꽤나 오랫동안 공사가 중단된 듯 105층짜리 콘크리트 골조 외벽만 앙상하게 드러낸 황량한 모습이었다.

그 뒤 매년 1~2차례 평양을 방문하는 동안에도 류경호텔은 변함없는 모습으로 묵묵히 서 있었다. 300미터가 훨씬 넘는 높이는 하늘을 찌를 듯한 위용이었지만 그 모습을 보는 내 마음은 편치 않았다. 왠지 '사회주의 조선'이 처한 척박한 현실이 자꾸만 떠올랐기 때문이다.

간혹 동행했던 남측 인사들이 2001년 8월의 나처럼 북측 안내선생들에게 묻곤 했다. 그럴 때마다 안내선생들은 "인차 완공될 겁니다"라는 대답만 반복했다. 그렇게 10년에 가까운 세월이 흘렀다.

한번은 방북한 남측 사람들끼리 술자리를 가진 적이 있었다. 류경호텔을 두고 누군가 이렇게 말했다.

"흉물로 변한 류경호텔을 보면 북의 현실을 알 수 있다. 짓다 만 류경호텔처럼 20년 가까이 발전이 정체된 북쪽 사회에 과연 미래가 있을까?"

2008년 봄, 마침내 공사가 재개되다

류경호텔은 1987년 착공했지만 1992년 60% 공정을 끝으로 공사가 중단됐다. 류경호텔은 마치 퇴락한 양반 집안의 남루한 처지를 무너진 처마와 쓰러져 가는 기둥이 보여주듯 북녘 사회주의의 현실을 고스란히 드러내주었다. 북 체제의 붕괴가 머지않았음을 주장하던 이들은 류경호텔의 옹색한 모습을 자신들의 주장을 합리화하는 유력한 근거로 삼곤 했다.

류경호텔이 방치돼온 지난 세월은 북 붕괴론이 득세한 시절이었다. 북은 1989년 동구 사회주의권의 몰락과 1991년 소비에트 연방의 해체로 심각한 대외경제 위기를 겪어야만 했다. 1990년대 중반

정체된 북 사회주의의 상징으로 여겨졌던 류경호텔이 2008년 봄, 공사 중단 16년 만에 공사를 재개한 후 2012년 4월 완공을 앞두고 있다.

연이은 자연재해는 '고난의 행군' 이라 칭할 만큼 혹독한 시련으로 이어졌다. 그 고난의 시간들을 류경호텔은 묵묵히 선 채 지켜봐 왔던 것이다. 그러다 2008년 9월 방북취재 때였다. 나는 보통강구역을 지나가다 멀리 류경호텔 꼭대기에 펄럭이는 붉은 기를 발견했다. 안내선생에게 곧장 물었다.

"류경호텔 꼭대기에 붉은 기가 펄럭이는데 왜 그렇죠?"

"아, 저거요? 류경호텔이 지금 공사 중입니다. 붉은 기는 공사 중이라는 표시입니다."

"언제부터 공사가 재개됐습니까?"

"올 봄부터입니다."

까마득한 꼭대기에서 나부끼는 붉은 기를 보면서 나는 만감이 교차했다. 마침내 류경호텔이 공사를 재개한 것이다. 안내선생의 설명에 따르면 이집트의 국영통신사인 오라스콤 그룹에서 투자해 공사가 재개되었다는 것이다. 남루한 회색빛 콘크리트 외벽에는 유리공사가 한창이었다. 유리가 끼워진 건물 위쪽은 햇빛을 받아 반짝였다. 그 모습은 마치 북의 경제가 오랜 침체를 딛고 새롭게 도약하는 것을 상징하는 듯했다.

최근의 소식에 따르면 류경호텔은 오라스콤 그룹 외에도 아랍에미리트의 에마르 디벨롭트사와 프랑스의 라파즈사가 새로운 투자자로 참여했다고 한다. 굴지의 세계적 기업들이 앞 다투어 류경호텔 공사에 뛰어드는 이유는 뭘까? 조만간 평양과 국제사회에 새로운 소통의 길이 열릴 때 그 길을 선점하겠다는 목적일 것이다. 장차 평양과 세계를 잇는 가교가 될 류경호텔은 그 높이만큼이나 북의 위상도 높여 나갈 교두보가 될 것임에 틀림없다.

'강성대국'의 새로운 랜드마크

투자자가 늘면서 류경호텔의 공정에도 가속도가 붙고 있다. 현재의 공사 진척 속도라면 류경호텔은 김일성 주석이 태어난 지 꼭 100년이 되는 2012년, 마침내 착공 25년 만에 웅장한 모습을 세계 앞에 드러낼 것으로 보인다.

류경호텔의 완공은 남다른 의미를 갖는다. 이는 북녘 사회주의가 본궤도에 올라선다는 것을 뜻한다. 경제 분야에서 쏘아 올린 '광명성 2호'와 같다고나 할까. 2012년 류경호텔은 무너져 가는 체제가 아닌, 단번 도약의 길로 접어든 '사회주의 강성대국'의 새로운 랜드마크가 될 것이다.

2008년 가을의 방북취재를 끝으로 《민족21》의 평양행은 이명박 정부의 불허 조치로 막혀 있다. 다시 자유로운 방북취재가 보장되는 날, 평양의 하늘로 솟구친 류경호텔을 만나면 무슨 말부터 하게 될까. 나는 고맙다는 말이 먼저 나올 것 같다. 고맙다, 류경호텔….

이야기 아홉

평양에는 아무나 살 수 없다?

방북취재 경험이 많다는 이유 때문에 시민단체로부터 북의 현실과 인민들의 생활을 주제로 강연요청을 자주 받곤 한다. 강연 때 청중들로부터 자주 듣게 되는 질문이 북의 자유와 인권 문제다. 획일화된 전체주의 국가에서 과연 개인의 자유가 보장될까? 집단을 강조하는 북에서 개인은 어떤 존재인가? 참 대답하기가 쉽지 않은 질문들이다.

그럴 때마다 나는 과연 자유란 무엇인지 청중들에게 되묻곤 한다. 이 세상에 100% 자유로운 인간이 존재할 수 있을까?

사회라는 공동체를 이루고 살아가는 인간이기에 누구든 공동체의 테두리 안에서는 일정 정도 자유를 유보하며 살 수밖에 없다. 중요한 것은 어떤 근거로 자유가 유보되는지 그 사회의 특성과 체제의 성격을 통해 이해할 수 있어야 한다는 점이다. 질문에 대해 세세하게 답변하기 전에 나는 우선 이렇게 청중들과 고민을 나누곤 했다.

뜨거운 감자, 북의 자유와 인권문제

예를 들어보자. 우리는 북에서는 거주이전의 자유가 없다고 생각한다. 인구가 250만으로 전체 인민의 10%가 살고 있는 평양에는 선택받은 소수의 사람들만 살 수 있다고 생각한다. 평양에서 살고 싶다고 아무나 살 수 있는 게 아니라는 점에서는 맞는 말이다. 평양 외에 다른 지역도 마찬가지다. 북에서는 내가 원산에서 살고 싶다고 아무 때나 그곳으로 이사 갈 수 없다. 직장이 그곳으로 배치되거나, 아니면 다른 정당한 사유로 허가를 받을 때만 거주이전이 가능하다. 이 점에서 본다면 북은 분명 거주이전의 자유가 없다고 할 수 있다. 하지만 이러한 주장에는 불합리한 점도 있다.

남쪽의 경우를 보자. 지방의 작은 도시에서 살고 있는 40대 가장이 아이들 교육문제로 한창 고민 중이다. 그러다 더 나은 교육환경을 찾아 서울의 강남으로 이사하기로 마음먹었다. 과연 그는 강남으로 이사 올 수 있을까? 물론 불가능할 건 없다. 대한민국에서는 거주이전의 자유가 있기 때문이다.

이사를 결심한 그는 자기가 살던 아파트를 부동산에 내놓고 강남에 아파트를 알아보러 쫓아 다녔다. 하지만 그는 얼마 안 되는 지방 중소도시의 아파트 값으로는 강남에서 전세는 커녕 월세 보증금도 내기 힘들다는 현실에 부딪혔다. 결국 그는 거주이전을 포기할 수밖에 없었다. 남쪽과 같은 자본주의 사회에서 거주이전의 자유란 이처럼 신기루에 불과하다.

이는 다른 방면의 자유에서도 마찬가지다. 어떤 사회든지 인간에게 필요한 행복을 추구하는 자유는 이렇듯 현실 속에서 제약을 받을 수밖에 없다. 문제는 그 제약이 어떤 근거로 이루어지느냐에 있다.

북에서는 당성과 사상성을 앞세운다. 집단주의라는 가치를 최우선에 두는 북은 자신의 체제를 유지하기 위해 당연히 인민들의 자유를 유보한다. 그때의 기준은 당성과 사상성이다. 당성이 충실하고, 집단과 지도자에 대한 헌신성을 검증받은 사람에게는 더 많은 자유가 보장된다.(물론 이들에게는 그 자유에 비례하는 책임도 함께 부과된다.)

이에 비해 자본주의 남쪽에서는 돈에 의해 자유가 제약받는다. 위의 40대 가장이 강남에 아파트를 살 만큼 돈이 많았다면 그의 강남 입성은 당연한 것이 된다. 돈이 많은 사람에게는 더 많은 자유가 보장되는 것, 이것이 자본주의 사회의 특징이다. 또 더 많은 자유를 누리고 싶으면 더 많은 돈을 벌라는 것이 자본주의 사회가 유지되는 동력이기도 하다.

이를 두고 누구의 자유가 더 올바른지, 누구의 자유가 더 인간적인지 과연 계량할 수 있을까?

사상에 좌우되는 자유, 돈에 좌우되는 자유

하지만 주권과 민주주의라는 측면에서 볼 때는 다르다고 생각할 수 있다. 국민들이 자유롭게 정치적인 의사를 표현하고 선거라는 제도를 통해 지도자를 선출하는 남쪽이 더 자유로운 국가라고 볼 수 있다. 그러나 이것 역시 일면적일 수 있다.

2002년 대선을 얼마 남기지 않았을 때였다. 방북취재하면서 나는 역으로 북측 사람들의 '취재' 공세에 시달렸다. 이번 대선에서 과연 누가 대통령이 되겠냐는 질문이었다. 당시 이회창 후보가 여론조사에서는 앞섰지만 노무현 후보의 추격이 예사롭지 않았다. 누가 당선될지 판단하기란 쉽지 않았다. 그러니 나도 "글쎄요, 선거 당일에 뚜껑을 열어 봐야 알겠는데요"라고 말할 수밖에 없었다. 그런데 북측 사람들은 그런 나의 대답에 도대체 이해할 수 없다는 표정이었다.

"아니 대통령이 누가 될지도 모르는 상황에서 어떻게 사회가 돌

최고인민회의 대의원 선거 날 투표를 마친 뒤 함께 어울려 춤을 추고 있는 북측 인민들. 이처럼 북에서 선거는 대표자를 추대하는 축제와 같다.

아갑니까?"

"왜요? 남쪽 사람들은 대통령이 누가 되든 당장 자기가 먹고사는 데는 별 관계가 없다고 생각합니다. 지지한 후보가 되면 좋겠지만 설사 떨어진다 해도 직장에서 쫓겨나는 것도 아닌데 뭐가 문제겠습니까?"

"아니 그게 말이 되는 소립니까? 지도자가 얼마나 중요한데 자기하고는 아무 상관도 없다니요. 허허, 그것 참…."

"그게 바로 남쪽 사회입니다."

지도자가 절대적 존재인 북쪽 사회에서는 남쪽의 이런 분위기가 도저히 이해가 되지 않을 것이다. 마찬가지로 예전에 김일성 주석이 사망했을 때, 북의 인민들이 대성통곡하는 모습 역시 남쪽 정서로는 도저히 이해할 수 없는 모습이었다.

집단을 우선하는 자유, 개인을 우선하는 자유

다수결이 반드시 바람직한 결과를 얻는 것이 아니다. 선거로 뽑힌 대통령이 정치를 엉망으로 만들며 국민 위에 군림하는 모습을 보기란 어렵지 않다.

물론 북에도 선거제도가 존재한다. 인민의 대표들은 선거를 통해 선출된다. 하지만 북에서의 선거는 사전에 조직 내에서 토론을 통해 대표자를 합의 추대한 것을 절차적으로 확인하는 성격을 갖고 있다. 그래서 99% 투표율에 99% 찬성이 나오는 것이다. 이처럼 북에서는 추대 과정에서 인민들의 요구가 얼마나 잘 반영되었냐가 중요하지 선거라는 형식 그 자체를 중요하게 보지 않는다.

또한 북은 당성과 사상성에 근거해 지위를 주고 권한을 준다. 하지만 문제가 생겼을 때는 즉시 그 지위와 권한을 박탈하고 노동현장으로 하방(下放)시킨다. 그 과정에서 새롭게 당성과 사상성을 검증받도록 한다. 이는 관료화를 막는 북 특유의 방식이다. 그래서 현재 북을 움직이는 고위관료의 상당수가 노동현장에서 사상개조

과정을 거친 뒤 복귀한 경험을 갖고 있다고 한다.

선거로 뽑힌 다음에는 안면 몰수하는 남쪽의 정치인들과 비교했을 때, 과연 무엇이 더 나은 제도일까? 제도라는 형식보다 더 중요한 것은 그 제도를 운영하는 철학과 원칙이다.

자유와 인권은 인간의 존재근거이자 목표다. 인류사회의 궁극적인 목표도 자유로운 인간의 행복한 공동체에 있다. 더 많은 자유와 더 나은 인권을 위해 얼마나 많은 사람들이 역사의 제단에 몸을 던졌던가. 그런 점에서 볼 때 북의 자유도, 남의 자유도 여전히 부족한 것이 많다.

자유와 인권을 확대하는 방법은 결코 획일적일 수 없다. 집단을 우선하는 자유와 개인을 우선하는 자유에는 장단점이 있다. 지금 우리에게는 필요한 것은 그 장단점을 수렴하는 지혜가 아닐까?

이야기 열

조선의 하느님을 믿다

"북에도 종교가 있나요?"

종교단체 쪽에 강연을 나가면 꼭 듣는 질문이다. 그럴 때마다 먼저 떠오르는 생각이 있다. 과연 종교란 무엇인가?

북을 방문하면서 나는 종교시설도 자주 취재했다. 묘향산의 보현사와 평양 대성산의 광법사, 동명왕릉 옆에 있는 정릉사도 취재했다. 봉수교회와 장충성당에도 취재차 방문한 적이 있다. 특히 천주교 신자인 나는 장충성당에서 열린 남북합동미사에 참가하기도 했다.

이러한 북의 종교에 대해 '쇼윈도우 종교' '가짜 신자'라는 비판이 많다. 종교의 자유가 없음에도 마치 종교 활동이 가능한 것처럼 속이기 위해 '쇼'를 하고 있다는 비판이다. 그렇다면 그동안 북을 방문해 사찰에서 예불하고, 교회와 성당에서 예배를 드린 남쪽의 많은 목회자와 신도들은 북의 '쇼'에 들러리를 선 것일까?

쇼윈도우 종교와 가짜 신자 논란

세례명이 토마스 아퀴나스이지만 나는 신심이 높은 주님의 아들은 아니다. 독실한 천주교 신자이셨던 어머니의 영향으로 어려서부터 성당에 나갔지만 대학 시절 학생운동에 몰두하면서부터 성당보다는 집회장을 자주 다녔다. 당연히 성경말씀보다는 사회과학책을 끼고 살았다. 그러면서 종교란 현실과는 동떨어진 형이상학적인 말씀의 향연 정도로만 치부했다. 사회를 변혁하는 데 필요한 것은 낡은 관념덩어리인 종교가 아니라 투철한 변혁의지라고 확신하는 전형적인 20대 시절을 보낸 것이다.

그러던 내게 종교를 다시 돌아보는 기회가 생겼다. 20대 후반 무렵 국가보안법의 덫에 걸려 구속되면서 닥친 감옥살이에서였다. 재판을 받는 동안 나는 서울구치소에서 1년 가까이 독방생활을 했다. 그런데 내 옆방이 다름 아닌 사형수의 방이었다.

구치소에서 '최고수'라 불린 사형수들은 혹시라도 있을 자살을 방지하기 위해 독방생활을 금했다. 하지만 형 확정 후 상당 기간이 지나 자살의 가능성이 없다고 판단된 이들은 독방에서 살기도 했다. 그들은 대개 3개월에 한 번씩 전방(轉房)했다. 나는 그렇게 해서 사형수 이웃을 세 명이나 만날 수 있었다.

처음 그들을 만났을 때, 나는 솔직히 놀랐다. 죽음을 목전에 둔 사람처럼 느껴지지 않았기 때문이다. 온화한 표정에 부드러운 말투, 상대를 배려하는 자세는 그들이 무지막지하게 살인을 저지른 바로 그 사람이 맞나 싶을 정도였다. 나는 어떻게 사람이 180도 달라질 수 있는지 궁금했다.

그들과 자주 이야기를 나누었다. 또 곁에서 그들의 생활을 지켜보기도 했다. 그러면서 나는 그 힘이 바로 종교의 힘이란 걸 확인할 수 있었다. 구속 초기 세상에 대한 울분으로 가슴이 터질 것 같았던 그들은 막상 죽음이 현실로 다가오자 마음의 안식처를 찾았다. 시시각각 조여 오는 죽음의 공포를 그들은 종교에 의지해 이겨나갔다. 종교를 통해 스스로를 변화시켰다.

한날은 친하게 지냈던 사형수에게 물어보았다. "두렵지 않냐?"고. 그는 "왜 두렵지 않겠냐"고 했다. 그러면서 "하지만 어느 순간 그 두려움이 마음속에서 다 날아가 버리는 느낌이 올 때가 있다"고 했다. 천주교 신자였던 그는 "그 느낌을 잃지 않으려고 늘 기도하며 하느님께 의지한다"고 고백했다. 그 순간 나는 종교가 지닌 위대한 힘을 느낄 수 있었다.(내가 만난 사형수들은 결국 몇 해 뒤 모두 형장의 이슬로 생을 마감했다.)

나는 북의 종교를 접할 때마다 외형의 모습보다는 이들의 내면에 존재하는 절대자는 어떤 모습일까를 생각해보곤 했다.

2004년 '북녘의 종교'를 주제로 취재할 때였다. 북을 방문해 사찰과 교회, 성당도 둘러보고, 직접 교인들을 만나 인터뷰도 했다. 불교에 대한 이해가 짧아서인지 북의 사찰은 솔직히 와 닿는 게 별로 없었다. 머리를 기른 스님들도 문화재관리사 같은 느낌이었을 뿐이다.

사형수 통해 깨달은 종교의 힘

그런데 봉수교회를 방문했을 때는 느낌이 좀 달랐다. 그곳의 신자들은 한창 '만사운동'을 벌이는 중이었다. 1만 명인 신도를 1만 4000명으로 확대하겠다는 '만사운동'의 성공을 위해 그들은 조직적으로 선교에 나섰다.

하지만 그 성과가 잘 나타나질 않아 고민이라고 했다. 신자였던 할머니의 영향을 받았다는 40대의 한 아주머니는, 일요일에 교회에 가자고 권해도 친구들과 노는 게 우선인 딸아이 때문에 속상해 했다. 또 다른 아주머니도 교회에 나오는 것 때문에 세대주(남편)와 자주 말다툼을 해서 걱정이라고 했다.

장충성당을 방문했을 때는 2002년 서울에서 열린 민족통일대회

평양의 장충성당에서 열린 미사 광경. 북에도 소수이기는 하지만 종교인들이 존재하고 있고, 어려운 조건 속에서도 신앙생활을 이어가고 있다.

때 참가한 천주교 신자 여성을 다시 만나 무척 반가웠다. 그녀는 당시 명동성당에서 열린 남북합동미사 때 내 앞줄에 앉았던 여성이었다. 그때 나는 그녀가 '진짜 신자' 인지 아닌지 확인해보려는 심산으로 미사 내내 그녀를 유심히 살펴보았다. 천주교는 미사 절차가 복잡해 단기간의 훈련으로는 쉽게 따라할 수 없다. 그런데 그녀는 남쪽의 여느 신자와 다를 바 없이 행동이 자연스러웠고, 미사에 몰입해 있었다.

장충성당에서 나는 그녀에게 신앙생활의 어려움을 물어보았다. 그녀는 "신부님이 안 계셔서 영성체를 모실 수가 없어 속상하다"고 했다. 이는 영성체의 신앙적 의미를 느끼지 못한다면 할 수 없는 말이다.

이러한 취재를 통해 나는 최소한 이들이 '가짜 신자' 는 아니라는 판단을 하게 됐다. 외형은 그럴 듯하게 꾸밀 수 있어도 신심은 꾸밀 수 없기 때문이다.

"수령님과 당이 마음의 안식처죠"

하지만 여전히 북에서 종교는 배타의 대상이다. 취재 때 동행한 안내선생에게 북의 인민들이 종교를 어떻게 생각하는지 물었다. 그는 "뭐 대체로 미신이다, 이렇게 봅니다"라고 대답했다. 젊은 사람들이 특히 그렇다고 했다. 그랬던 사회분위기가 달라진 계기도 있었다. 1989년 북을 방문해 김일성 주석과 회담한 문익환 목사와, 그해 여름 평양축전에 전대협 대표로 참가한 임수경과 함께 군사분계선을 내려온 문규현 신부 때문이었다.

"두 분의 모습을 보면서 우리 인민들도 퍽이나 감동받았지요. 그 뒤서부터는 인민들 속에서 종교를 배척하거나 비난하는 분위기가 많이 줄었답니다. 특히나 통일에 기여하는 종교는 높게 평가하고 있습니다."

나는 안내선생에게 감옥에서 만난 사형수의 예를 들려주었다. 흥미롭게 듣던 그는 "우리에게는 수령님과 당이 마음의 안식처"라고 했다. 수령이란 절대적 존재, 당이라는 사회정치적 생명의 원천이 있기에 고난을 극복할 의지도 생겨난다는 것이다. 그의 설명을 들으며 나는 북녘 사회야말로 가장 종교적인 사회일 수도 있겠다는 생각을 해보았다.

만약 북녘 인민들에게 당신의 하느님은 누구냐고 물으면 뭐라고 대답할까? 영생을 부여하는 절대자가 어디에 있냐고 물으면 그들은 뭐라고 대답할까? 그런 의문 속에 다시 질문을 던져 본다. 북에도 종교가 있을까?

● 이야기 열 하나

세습 논란 속의 '불편한' 진실

2010년 9월 28일 조선로동당 대표자회에서 김정일 국방위원장의 셋째아들인 김정은이 후계자로 전격 공개됐다. 그 직후 나는 시민단체에서 여러 차례 강연 요청을 받았다. 원래의 강연 주제는 남북관계의 전망, 남북경협의 비전이었다. 하지만 때가 때인지라 북의 후계문제가 청중들의 최대 관심사였다. 이에 대한 질문이 나올 때마다 도리어 내가 청중들에게 질문을 던졌다. 김정은으로의 후계 승계를 어떻게 생각하느냐고. 청중들의 대부분은 이해할 수 없다는 반응이었다. 다만 북의 내부문제인 만큼 인정할 수밖에 없지 않냐는 현실론과 남측 진보운동이 적극적으로 비판해야 한다는 비판론으로 입장이 갈렸다.

북의 후계 승계 문제가 남측 진보운동에 뜨거운 감자로 부상하고 있다. 백가쟁명식 논쟁인 듯하지만 결국 현실론과 비판론, 두 가지 입장으로 수렴되고 있다. 현실론이 제기하는 현실의 문제, 비판론이 내세우는 원칙의 문제 모두 일리가 없는 것은 아니다. 그러나 현실론이든, 비판론이든 모두 놓치고 있는 부분이 있다. 그것은 바로 북녘 인민들의 마음과 정서다.

원심력의 사회, 구심력의 사회

내가 처음 북을 방문한 것은 2001년 5월 금강산에서 분단 이후 최초로 열린 남북노동자대회 때였다. 당시 나는 김일성종합대학 철학과를 졸업했다는 안내선생과 수령론을 놓고 '격론'을 벌인 적이 있었다. "수령 중심의 체제가 독재로 빠질 가능성도 높지 않냐?"는 나의 신중하면서도 도발적인 질문에, 그는 자신들의 사상과 체제는 집단주의 틀 속에서 봐야 제대로 이해할 수 있다고 강조했다.

"사회와 분리된 개인이란 현실로 존재할 수 없습니다. 개인은 집단 속에서 규정될 때만이 진정한 가치를 얻는 법입니다. 그런 점에 대한 강조가 개인주의만을 앞세운 자본주의 사회에서 볼 때는 어색하겠지요."

그러면서 그는 원심력과 구심력의 개념으로 자신들의 체제와 수

2010년 9월 28일 김정일 국방위원장의 셋째 아들인 김정은을 후계자로 전격 공개한 조선로동당대표자회 직후 금수산기념궁전 앞에서 기념 촬영하는 북측 대표자들.

령관을 설명했다.

"사회도 하나의 물질세계입니다. 자연계처럼 물질세계의 법칙이 사회에도 존재하는 것입니다. 물질세계에는 구심력과 원심력이 있습니다. 사회도 마찬가지입니다. 자본주의 사회에서는 무조건 개인이 우선입니다. 그렇다 보니 원심력이 구심력보다 더 우위에 있습니다. 다른 사람들과 경쟁해서 이겨야만 살아남을 수 있는 정글의 법칙 속에서 살아가자니 어쨌든 다른 사람과 자신을 차별화해야 합니다. 그래서 유달리 개성을 강조하는 것이고요. 그러나 우리는 집단 속에서 개인을 바라보기에 원심력보다는 구심력이 더 강조되는 사회입니다. 집단은 구심력이 강해야 뭉칠 수 있습니다. 그러자면 구심력이 나오는 핵이 있어야 합니다. 그 핵을 우리는 집단의 최고지도자, 수령으로 규정하는 것입니다. 이러한 수령을 집단과 분리한 채 개인의 영역으로 봐서는 안 됩니다. 한 개인이 모든 것을 판단하고 결정한다면 그게 히틀러식 독재이지 뭐겠습니까? 우리는 수령을 집단의 뇌수로 봅니다. 뇌수는 다른 신체기관과 별개로 혼자서 작동할 수 없습니다. 그처럼 우리 사회도 집단의 총의가 수령으로 모아지고, 집단의 결정을 수령이 대표해서 내리는 것입니다."

하지만 나는 여전히 이해가 가지 않았다. 선뜻 동의할 수도 없었다. 그런 나의 표정을 보면서 그 안내원은 이렇게 덧붙였다.

"안 선생이 이해되지 않는 부분도 있을 겁니다. 우리의 체제를 알려면 우리가 걸어온 역사를 보십시오. 우리는 항일무장투쟁 시절부터 지금까지 전시상태입니다. 지금도 우리 체제를 말살하려는 미제국주의와 전쟁 중입니다. 그런 상황에서는 개인보다 집단을 더 앞세울 수밖에 없습니다. 그러니 집단의 핵이 되는 지도자를 결사옹위 해야 한다는 생각도 더 강력하게 되는 것입니다."

"아들이기 때문에 혼란과 동요가 없다"

그와의 대화는 오랫동안 내 머리 속에 남았다. 그 뒤 20여 차례 방북취재를 하면서 나는 '집단의 핵이 되는 지도자를 결사옹위' 하는 북녘 인민들의 모습을 수없이 목격했다. 호텔의 술집에서, 거리의 식당에서, 유원지에 나들이 나온 인민들의 모습 속에서, 학교에서 수업중인 학생들의 대답 속에서, 북녘 인민들의 마음을 가득 채우고 있는 결사옹위 정신을 확인할 수 있었다.

북의 후계 승계를 '세습' 이라 규정하는 논리적 근거는 후계자가 아들이기 때문이다. 이와 관련해 《민족21》 2009년 6월호에 북의 후계자 김정은을 다룬 특집기사가 나간 뒤, 해외의 북측 관계자와 이야기를 나눌 기회가 있었다. "아들이기 때문에 남측 국민들의 거부감은 상당할 것"이라는 나의 지적에, 그는 "아들이기 때문에 우리 인민들은 혼란과 동요가 없다"고 대답했다.

"조선의 혁명은 현재진행형입니다. 따라서 선대의 혁명을 올바로 계승, 발전시킬 수 있냐는 것은 중요한 과제입니다. 그럼 누가 적임자인가? 선대 수령의 풍모와 탁월한 지도력을 현실 속에서 보아온 우리 인민들은 그 풍모와 지도력을 그대로 물려받은 아들이야말로 적임자라고 확신하는 겁니다."

그는 또한 "후계자는 위에서 낙점하는 것이 아니라 인민들의 총의와 일심단결로 세워지는 것"이라 강조하면서 "선대의 혁명사상과 로선을 체화하는 본격적인 수업을 통해 후계자는 인민들 속에서 다음 세대의 수령으로 추대될 것"이라고 자신했다.

후계자의 성공과 동북아의 평화

그의 이야기를 들으면서 나는 북이 처한 현실적 어려움이 느껴졌다. 세계에서 유례를 찾기 힘든 '3대 세습' 방식의 후계자 선정이 앞으로 세계와 소통해나가는 데 심각한 걸림돌이 될 수도 있음을 북도 모르지는 않을 것이다. 2011년 1월 28일 일본 언론에 보도된 김정일 국방위원장의 큰아들인 김정남의 인터뷰를 보면 김정일 국방위원장도 애초 '3대 세습'에 반대했다고 한다. 그럼에도 수용할 수밖에 없었던 이유는 뭘까? 그만큼 북이 헤쳐 나가야 할 현실의 과제가 녹록치 않음을 대변해주는 것이 아닐까?

후계 문제를 둘러싼 논란은 결국 북의 후계자가 앞으로 어떤 노선과 정책을 보여주느냐에 따라 좌우될 것이다. 김정은이 경제와 외교 등 내외의 산적한 과제들을 해결하고 '강성대국의 문을 열어젖힌다' 면 외부의 불편한 시선도 일시적일 수 있다. 그가 포스트 김정일 시대를 성공적으로 이끌어간다면 '세습' 이란 비판의 날도 무뎌질 수 있을 것이다. 하지만 그렇지 못한다면 남북관계는 물론 동북아정세 역시 큰 혼란에 빠질 수밖에 없다. '세습' 문제 역시 지역 내의 뜨거운 감자로 계속 남게 될 것이다.

그렇다면 동북아의 안정과 평화를 위해 새로운 후계자의 성공을 기원하는 것은 '세습' 을 지지하는 것일까. 대답하기란 역시 불편하다.

● 이야기 열 둘

체제를 지켜낸 '총대'의 힘

"3일, 3개월, 길어야 3년."

1994년 7월 갑작스런 김일성 주석의 사망 소식을 접한 남쪽과 미국, 나아가 전 세계의 한반도 전문가들이 북의 장래를 예측하며 꺼낸 말이다. 이른바 '3·3·3' 주장이다. 당시 TV 토론프로그램에 나온 한 대북 전문가는 "이 프로그램이 끝날 무렵 북의 체제붕괴가 속보로 뜰지도 모른다"며 북의 붕괴를 호언장담하기도 했다.

1993년 2월 국제원자력기구(IAEA)가 요구한 특별사찰을 북이 거부하고, 뒤이어 북이 핵확산금지조약(NPT)을 전격 탈퇴하면서 북미간에 1차 핵위기가 촉발됐다. 이후 전쟁 일보 직전까지 치달았던 한반도 상황은 김일성 주석의 사망으로 더욱 예측불허가 됐다. 당시 김 주석과의 정상회담을 눈앞에 두고 있었던 김영삼 정부는 비상경계령을 발동했다. 북의 급격한 붕괴가 예상된다는 것이 이유였다.

그 해 10월 북측과의 제네바합의에 서명했던 클린턴 정부의 인식 역시 마찬가지였다. 북의 핵동결 대가로 2003년까지 북에 경수로 2기를 제공한다는 클린턴 정부의 약속은 '2003년이면 어차피 존재하지 않을 나라' 와의 공약(空約)일 뿐이었다. 게다가 연이은 자연재해가 북을 덮쳤다. "수백만 명이 아사했다"는 확인되지 않은 소문이 서방과 남쪽 언론을 장식했다. 이제 북의 붕괴는 기정사실이 되는 듯 했다.

북의 붕괴 호언장담한 '3·3·3' 주장

그러나 그로부터 10여 년이 지난 지금, 북의 붕괴를 예측하는 한반도 전문가는 없다. 백척간두의 상황에 몰렸던 북이 이를 딛고 일어선 추동력은 무엇일까? 그 힘은 과연 어디에서 비롯된 것일까? 북은 이를 '선군정치(先軍政治)' 의 위력이라고 말한다. 2003년 가을 평양에서 만난 북측의 안내선생은 "선군정치가 없었다면 굶어 죽었거나, 아니면 미군의 핵폭격에 몰살당했을 것"이라고까지 말했다.

하지만 남쪽에서 이러한 북의 선군정치를 수긍하기란 쉽지 않다. 우리는 국민들의 불만을 잠재우고 정권 연장을 위해 군대를 전면에 내세우는, 그런 식의 군사독재를 숱하게 겪어왔다. 그러니 '선군정치=군사독재' 라고 생각하는 것도 당연하다. 또한 만성적인 경제적 어려움에 봉착하고 있는 북이 경제회생을 위한 조치로 '정치개혁' '경제개방' 을 선택하지 않고 선군정치를 내세운 것이 과연 올바른 노선인가 라는 물음도 많다.

이러한 남쪽 사회의 보편적인 이해를 바탕으로 나는 방북 때마다 북측 인사들과 토론을 벌였다. 그중에서 가장 인상적이었던 것은 조선사회과학자협회 김인옥 연구사와의 토론이었다. 김 연구사는 2003년 《김정일 장군 선군정치리론》이란 책을 펴낸 40대의 여성 연구자이다.

▶선군정치는 인류정치사에서 한 번도 제기된 적이 없는 이론이다. 그래서 이름조차 생소하다.

"선군정치란 군사를 국사(國事) 중의 국사로 내세우고 군대를 핵심역량으로 사회주의 수호, 건설을 힘있게 밀고나가는 정치방식을 의미한다."

▶군을 앞세운다는 점에서 '군부통치' '군사독재' 를 연상하는 남쪽 사람들이 적지 않다.

"군사가 들어가니까 '전쟁' '군국주의' 를 떠올리나 본데 선군정치는 가장 자주적이고 인민적인 정치방식이다. 군국주의가 군사적 폭력으로 인민을 탄압하고 다른 나라를 침략하기 위한 정치라면,

선군정치는 나라의 자주권을 지키고 인민의 리익을 실현하기 위한 정치다."

▶그렇지만 군대란 결국 전쟁에 대비하는 조직 아닌가?

"제국주의 나라의 군대는 침략을 위한 전쟁군대이지만 우리는 다르다. 침략에 맞서 자주권을 수호하기 위한 군대다. 사회주의권 붕괴 이후 미제국주의의 오만과 폭력성도 극도로 횡포해졌다. 미제국주의는 선제타격이니 예방전쟁이니 하면서 공공연하게 침략전쟁을 도발해왔다. 이런 상황에서 자기 나라의 자주권을 지키고자 한다면 응당 그런 침략에 맞설 힘을 가져야 한다."

"선군정치 없었다면 이라크 꼴 당했을 것"

덧붙여 그는 "이라크를 봐라. 미국의 야만적인 침략을 겪었지만 중동의 강국이라는 이라크는 비행기 하나 띄우지 못하고, 포 하나 제대로 쏘지 못한 채 무참히 짓밟혔다. 그들이 우리와 같은 선군노선의 원칙을 확고히 세웠다면 그토록 비참한 꼴은 당하지 않았을 것"이라고 지적했다.

북이 스스로 자위수단을 갖지 않았다면 미국의 폭격으로부터 자유로울 수 없었을 것이라는 판단은 현실적이다. 그렇기에 북이 군사력에 힘을 돌릴 수밖에 없다는 상황논리도 설득력이 있다.

2005년 10월 조선로동당 창당 60돌을 기념해 김일성광장에서 열린 군사퍼레이드 광경. '선군정치'라는 글씨가 선명하다.

그렇지만 북이 당면한 국가적 과업에는 경제회생도 있지 않는가. 경제회생에 힘을 쏟아도 될까 말까 한 상황에 북은 '군사강화'를 먼저 내세웠다. 군대는 전형적인 소비 집단이다. 비생산적이고 비효율적인 '돈 먹는 하마'와도 같다. 그런데도 이를 앞세운다?

2004년 인천에서 열린 6·15민족통일대회 행사장에서 만난 한웅히 《민족대단결》 편집부장은 이에 대해 "조선의 인민군대는 자본주의 나라 군대와 다르다"라고 주장했다.

"군이 정치, 경제, 문화에 참여하는 것을 비정상적인 것으로 취급하는 자본주의 나라와 달리 우리는 조직성과 결단력, 혁명적 동지애와 락관주의, 알뜰한 생활기풍 등을 지닌 군대가 사회의 중심이 되고 있다. 군이 혁명과 건설의 핵심역량이라는 규정은 바로 이런 특성을 반영한 것이다."

북미관계 변화 없으면 선군정치도 지속

한 부장의 지적대로 북의 인민군대는 1990년대 북의 사회주의가 심각한 위기에 직면했을 때, 이를 돌파하는 주축이 되었다. 이는 단지 군사적인 측면에서만이 아니었다. 고난의 행군 시기에 인민군대는 "경제건설은 우리가 책임진다"는 구호를 내걸고 생산현장으로 달려갔다. 전기 문제가 제기되자 발전소를 지었다. 노동자들이 생산현장을 이탈할 때에는 직접 공장을 돌렸다. 대규모 토지개간으로 경작지를 넓혔다. 협동농장에 투입돼 식량 증산에도 힘을 썼다. 이처럼 체제위기를 지켜낸 힘도, 경제위기를 돌파한 힘도 모두 '총대'에서 나왔다는 것이 북의 주장인 것이다.

그렇다면 선군정치는 언제까지 지속될 것인가. 선군시대, 선군노선이라는 북의 공식적인 언급에서 알 수 있듯이 북은 이를 장기적인 전략노선으로 규정하고 있다. 따라서 미국의 군사적 위협이 근절되지 않는 한, 북미관계가 획기적으로 바꾸지 않는 한, 북의 선군정치도 상당기간 지속될 것으로 보인다.

이야기 열 셋

'붕괴'라는 제목의 흘러간 노래

최근 들어 우리 사회에 다시 북 붕괴론이 확산되고 있다. 붕괴론을 주장하는 이들은 이렇게 주장한다. 북은 현재 심각한 경제난에 시달리고 있고, 김정일 정권은 세계에서 유례를 찾아보기 힘든 3대 세습으로 인민들의 비판을 받고 있다. 또 수십만이 수용되어 있는 정치범수용소가 상징하듯 폭압적 수단 없이는 단 하루도 지탱할 수 없다. 이 때문에 인민들의 마음이 돌아서면서 체제붕괴가 눈앞에 왔다는 것이다. 하지만 나는 지금까지 20여 차례 북을 방문했지만 북이 붕괴할 것이라는 생각은 한 번도 해보지 않았다.

물론 북의 어려운 경제현실은 나도 수도 없이 느끼고 목격했다. 호텔이 정전되면서 엘리베이터가 작동을 멈춰 30여 층에서 1층까지 오르내리는 것도 경험했다. 모내기철에 이앙기조차 제대로 없는 농장에서 순전히 사람의 힘으로만 모를 심는 광경도 심심찮게 목격했다.

보잘것 없는 촌로의 좌판

한번은 김일성 주석의 생가인 만경대고향집으로 참관 가는 길에 우리 일행을 태운 버스가 군인들의 행렬에 막혀 잠시 길가에 멈춰 선 적이 있었다. 그때 우연히도 길가에서 행상을 펼쳐 놓은 남루한 옷차림의 할머니를 본 적이 있었다. 할머니가 팔고 있던 물건은 중국산으로 보이는 담배와 몇 가지 낡은 일용품들이었다. 버스 창가에 앉아 창문을 열고 바깥 경치를 구경하던 나는 그 할머니와 주변의 구경꾼들과 눈을 마주치게 되었다.

그 순간 내 곁에 있던 안내선생이 당황하면서 "안 선생, 그만 창문을 닫지요"하며 나의 시선을 막으려고 했다. 원래 북을 방문한 남측 사람들이 버스로 이동 중에는 창가에 앉아서도 안 되고, 창문도 열지 못하는 게 원칙이었다. 불필요한 사진 촬영을 막기 위한 조치였다.

"그러지요" 하며 나는 순순히 창문을 닫았다. 하지만 내 시선은 여전히 그곳에 멈춰 있었다. 그때 곁의 안내선생은 "흠흠, 저 오마니가 오늘 손주놈 용돈이라도 벌려고 나왔나 봅니다"하며 어색하게 말을 건넸다.

초라한 촌로까지 팔 수 있는 물건을 들고 나와 좌판을 벌여야만 하는 북의 현실은 내게 아픔으로 다가왔다. 하지만 군인 행렬 옆에서도 좌판을 거두지 않고 장사에 몰두하는 촌로의 모습이 내게는 또 다른 의미로 느껴졌다. 저런 식의 장사가 불법이기는 해도 좌판을 뒤엎으며 단속하지는 않는구나. 최소한의 먹고살 길은 열어주는구나.

튀니지와 이집트를 비롯해 아랍권의 민중혁명 소식을 전하는 남측 언론에 단골뉴스처럼 등장하는 이야기가 북 체제의 붕괴 가능성이다. 여기에는 후계 승계가 원활하지 않을 경우 체제붕괴 가능성이 높다, 식량난으로 북중 국경지역을 중심으로 민란 수준의 반발이 터져 나오고 있다는 등 여러 억측이 난무하고 있다.

하지만 북 체제의 붕괴 가능성을 예측하라면 나는 '없다' 고 말하겠다. 무슨 근거로 그렇게 단정하냐고? 북은 상황이 아무리 어려워도 이를 극복할 미래지향적 가치관을 갖고 있기 때문이다. 옛말에 목구멍이 포도청이요, 사흘 굶어 담장 안 넘는 사람 없다고 했다. 물론 맞는 말이다. 그러나 어려워도 콩 한쪽 나눠 먹는 사회라면 도둑이 기승을 부리지 않는다. 집단적인 공동체 분위기에서는 굶주림도 함께 풀려고 한다. 나는 오늘의 북에서 사회구성원의 대부분이 이러한 마음을 갖고 있다고 생각한다.

그렇다면 남측 언론에 심심찮게 보도되는 체제붕괴 조짐들은 어떤 연유에서 나오는 것일까? 탈북자들이 전하는 북의 참상은 전부 거짓인가? 현재 남쪽으로 넘어온 탈북자들의 수는 2만 명 수준이다. 중국 지역의 탈북자 수를 남측 일부단체에서 주장하는 것처럼 10~20만 명 수준으로 최대한 잡아도 북측 인구의 1%도 되지 않는다. 게다가 이들 탈북자들도 모두가 정치적인 이유로 체제를 등지고 뛰쳐나온 사람들이라 보기는 힘들다. 이들의 이야기가 정치적 의도 속에 북의 현실을 침소봉대하고 있는 것은 아닌지, 남측 언론에서 과장, 왜곡하고 있는 것은 아닌지 한번쯤 걸러서 들어봐야 하는 것이다.

붕괴 가능성 없다고 단정하는 이유

최근에는 남측의 반북단체와 연결된 북측 내의 정보원들이 휴대폰, 위성전화 등을 이용해 실시간으로 정보를 남측에 넘겨준다고 한다. 하지만 대부분 과장된 내용이다. 설사 돈을 받고 정보를 제공하는 이들이 있다 해도 그들의 입장에서는 돈을 주는 사람의 입맛에 맞게 정보를 각색할 게 뻔하다. 어차피 북쪽 내부의 일이란 사실확인이 불가능하다. 그런데도 CIA와 국정원을 능가하는 정보망을 민간에서 구축해놓고 있다? 과연 가능한 일일까?

조만간 북 체제가 붕괴할 것이라는 남측 언론의 보도가 쏟아지고 있지만 최근 북을 다녀온 사람들은 그런 조짐이 없다고 말한다. 사진은 자동차 수가 부쩍 증가한 평양의 거리.

이와는 반대로 만약 남측 체제를 등지고 월북한 이가 있다면 오늘의 남측 현실을 어떻게 전달할까? 서울역에는 노숙자가 득실하고, 구제역으로 땅속에 생매장된 가축들의 침출수로 온 강토가 썩고 있고, 치솟는 전세값에 자살하는 이들이 속출하고, 연일 정부를 반대하는 시민들의 시위가 줄을 잇고…. 이런 말을 들은 북측 인민들은 조만간 남측 체제가 붕괴할 것이라고 생각하지 않을까? 조만간 붕괴할 체제와 무슨 통일을 논할 것이며, 붕괴돼 가뜩이나 어려운 북측 경제에 짐이 되느니 차라리 미국의 식민지가 되는 게 훨씬 낫겠다고 생각하지는 않을까?

남쪽에서 수십 년간 이런저런 근거로 북의 체제붕괴론이 반복되어온 것은 철저히 정치적 의도에 따른 것이었다. 붕괴될 체제를 앞에 두고 화해와 통일을 이야기하는 것은 부질없는 짓이다. 그렇기에 반통일의 논리가 체제붕괴론으로 옷을 바꾼 채 주장되어온 것이다.

북의 변화 원한다면 체제붕괴론부터 버려라

남북관계가 순풍일 때는 남북 모두 체제붕괴론이 쑥 들어갔다. 하지만 남북관계가 역풍을 맞아 대화가 단절되고 휴전선의 긴장이 고조되면, 남북은 통일의 동반자에서 전쟁불사를 외치는 적대적 관계로 급변했다. 날선 비난이 오가고, 언제라도 쳐부수어야 할 적이 되었다. 도대체 언제까지 고장 난 녹음기처럼 반복되는 흘러간 노래에 얽매여야만 하는가.

"북의 붕괴는 남쪽에도 불행한 사태다. 그러니 그런 일이 일어나서는 안 된다. 하지만 북도 이참에 새롭게 변해야 한다. 더 이상 자유와 민주주의를 거부해서는 안 된다."

이런 생각을 가진 사람들도 많다. 그렇다면 무엇으로 북을 변화시킬 것인가. 이는 남북관계의 정상적인 발전을 통해서만 가능한 일이다. 개성공단, 금강산 관광, 다방면의 민간교류와 협력사업….

우리는 '잃어버린 10년' 동안 수많은 북의 변화를 목격했다. 북은 군사적 요충지인 개성과 금강산을 열었다. '자본주의 문화'가 북쪽 사회에 전파될 위험을 안고서도 다양한 민간교류를 허용했다.

이처럼 북이 자본주의를 이해하고, 세계와 소통하며, 국제사회의 일원으로 당당히 참여할 수 있을 때, 비로소 우리는 진정한 민주주의의 가치에 대해 북과 공유할 수 있다. 그런데도 지금 북이 세계와 소통하며 변화해가는 길을 막고 있는 게 과연 누구인가? 북인가? 아니다. 오히려 북과의 소통을 거부하며 체제붕괴론에만 집착하는 미국과 남쪽이 북의 변화를 가로막고 있다. 북의 변화를 원한다고? 그렇다면 체제붕괴에 대한 환상부터 버려야 한다.

● 이야기 열 넷

'소식통'이 전하는 정체불명의 보도

최근 정체불명의 북녘 소식이 보수언론마다 판을 치고 있다. "북 제대군인 마피아 조직이 전국을 무대로 강도, 마약 행각을 벌이고 있다" "먹고살기가 어려워지자 강도, 살인, 성매매, 마약 등 각종 강력사건이 급증하고 있다" "북에서는 구제역에 걸린 소, 돼지도 시장에서는 없어서 못 팔 지경이다" "배급이 끊긴 데다 장사까지 단속하는 보안요원들에 맞서 북한 주민들이 폭동을 일으켰다"는 뉴스가 남측 언론에 연일 등장하고 있다. 1990년대 후반 "굶주림에 시달리는 북 주민들이 인육까지 먹고 있다"는 정체불명의 보도에 버금갈 만한 내용들이다.

이러한 기사들의 출처는 자유아시아방송과 자유북한방송, 열린북한방송, 데일리NK 등 대표적인 반북 매체들이다. 지난 정부 때만 해도 대다수 언론에서는 주목조차 않던 매체들이다. 특히 이들이 밝히는 취재원은 모두 익명의 '관계자' 혹은 '소식통'들 뿐이다. 이처럼 기사의 신빙성이나 가치 면에서 검증될 수 없는 내용임에도 보수일간지와 방송은 물론 주요 포털사이트의 메인 면에서까지 특종인양 보도하고 있다.

'관계자'의 특종 보도

언론마다 판을 치는 반북 보도를 보면서 나는 2000년 8월 첫 번째 방북취재 때의 경험담이 생각났다. 당시 분단 이후 최초로 평양에서 열린 8·15민족공동행사에는 중앙일간지와 방송국 기자를 비롯해《민족21》《말》과 같은 진보매체 기자들도 다수 취재단으로 참가했다.

행사 첫날, 참가한 기자단은 버스 한 대에 모두 함께 탄 채 긴장 반, 기대 반으로 취재에 나섰다. 그런데 무슨 연유에서 비롯됐는지는 모르겠으나 얼마 전 "북에서는 여자들이 자전거 타는 게 금지돼 있다"는 한 언론의 보도내용이 도마에 올랐다. "뻔한 비난기사 아니냐"는 쪽과 "그래도 무슨 근거가 있으니 그런 기사를 냈겠지" 하는 쪽으로 입장이 갈렸다. 하지만 사실 확인이 불가능하니 결론을 내릴 수가 없었다.

'장애인은 평양에서 살 수 없다'는 남측 언론의 보도가 있었지만 평양에서 찍어온 《민족21》의 사진 한 장으로 잘못된 보도를 바로잡을 수 있었다.

그날 저녁 나는 북측 안내선생들에게 "북에서는 여자들이 자전거 타는 걸 금지한다는데 사실이냐"라고 물어보았다. 북측 안내선생은 처음엔 뭘 그런 걸 묻냐는 표정으로 대답을 안 했다. 그래도 자꾸 물어보자, "특별히 금한다는 방침은 없지만 자전거를 탈 줄 아는 여자들이 많지 않다"고 했다.

요리조리 캐물으며 취재해 본 결과 요지는 이랬다. 북에서는 자전거가 집집마다 중요한 이동수단이다. 마치 남쪽의 승용차와 같은 존재다. 그러니 주로 자전거를 타는 사람도 각 집의 세대주(가장)였다. 그리고 남자아이들의 경우 중학생 정도 되면 아버지 손에 끌려 자전거 타는 법을 배우는데, 여자아이들은 '여자가 무슨…' 혹은 '위험해서' 라는 이유로 자전거 타는 법을 배울 기회가 많지 않다. 그렇지만 "여자가 자전거를 타는 게 금지돼 있다는 건 사실과 다르다"는 것이다.

다음날 이런 '취재' 결과를 다른 기자들에게 설명해주었는데도 논쟁은 쉽게 종결되지 않았다. 일부에서 북측 안내선생의 말을 어떻게 믿을 수 있냐고 문제제기를 했기 때문이다.

그런데 뜻밖에도 상황은 쉽게 종결됐다. 버스를 타고 이동하는 도중에 한 기자가 멀리 자전거를 타고 가는 젊은 여성을 발견하고는 "어, 여자다"라고 외쳤던 것이다. 하지만 우리는 다시 여자냐 남자냐를 두고 옥신각신했다. 그러다 마침 버스가 자전거 옆을 지나치면서 운전수가 '여자' 임을 모두 확인할 수 있었다. 출처불명의 보도를 현장에서 직접 오보로 확인하는 순간이었다.

죽은 자가 망명객으로 둔갑

《민족21》이 10년간 방북취재를 하면서 이런 예는 적지 않았다. 한번은 보수언론에 "평양에는 국가 이미지가 실추된다는 이유로 장애인들을 모두 지방으로 내보내 장애인이 없다"는 보도가 나온 적이 있었다. 이 보도를 본 시민단체의 한 간부는 내게 "장애인은 인민도 아니냐?"며 항의성 질의를 해온 적도 있었다. 하지만 대답하기가 난감했다. 당장은 사실 여부를 확인할 길이 없었기 때문이다.

그런데 이 문제도 방북취재에서 해결됐다. 2004년 4월《민족21》의 유수 사진기자가 취재차량을 타고 평양 시내를 지나가다 우연히도 세 발 자전거 형태의 휠체어를 탄 장애인을 목격하고 카메라에 담아 온 것이다.

또 한번은 북의 고위급 당국자가 미국으로 망명했다는 내용이 언론에 특종으로 보도된 적이 있었다. 2003년 5월 한 언론사에서 최초 보도해 방송 3사의 머릿기사로까지 나갔던 "김정일 서기실 부부장 길재경 미국 망명"이란 기사가 바로 그것이다. 하지만 길재경 부부장은 2000년 6월 7일에 이미 사망해 애국열사릉에 안장된 사실이《민족21》의 취재사진으로 확인됐다. 죽은 자가 졸지에 망명객으로 둔갑한 것이었다.

민간교류 활성화 돼야 '작문' 막을 수 있어

지난 시기 북에 대한 악의적 성격의 보도는 2000년대 들어 남북관계가 개선되고 민간교류가 활발해지면서 자취를 감추었다. 이유는 간단하다. 수많은 국민들이 평양과 금강산, 개성을 오가면서 북녘 땅과 인민들의 모습을 눈으로 직접 볼 수 있는 기회가 대폭 늘어났기 때문이다. 또 그렇게 다녀온 사람들이 북에 대한 이런저런 이야기를 주위에 전하면서 반북보도는 설 자리를 잃어갔다. 아무리 보수언론이라고 해도 예전처럼 '작문'을 하기란 쉽지 않았다.

이는 북도 마찬가지다. 이산가족 상봉이나 대규모 남북공동행사, 아시안게임 등으로 많은 북녘 인민들이 남쪽을 찾았다. 그들의 눈에 남쪽 사회가 어떻게 비춰졌을까? 길거리에 거지가 득실한 '미제의 식민지'라는 냉전적 시각이 얼마나 낡은 것인지 생각하게 되지 않았을까? 실제로 북을 방문해 만나본 북녘 인민들은 남측의 사정과 현실에 밝은 경우가 많았다. 이 역시 지속적인 민간교류의 영향이 컸기 때문이다.

그런데 이명박 정부 등장 이후 다시 반북보도가 하나둘씩 등장하더니 2010년부터는 거의 매일 신문과 방송을 도배하다시피 하고 있다. 민간교류가 막히고, 덩달아 언로(言路)가 막히면서 요설(妖說)이 판을 치는 꼴이다. 이러한 요설은 화해협력을 가로막고, 국민들 속에 반북 적대감을 심는 것이 목적일 것이다. 그렇다면 이를 몰아낼 방법은 무엇일까? 막힌 언로를 뚫고, 다시 남북의 민(民)이 만나는 길뿐이다. 그러나 요설에 기대어 반북 여론몰이의 맛을 들인 이명박 정부가 그 길을 다시 열 수 있을까. 여전히 난망이다.

이야기 열 다섯

래일을 위한 오늘에 살자

북은 구호 공화국이다. 평양을 방문하는 손님들에게 곳곳에 세워진 구호판들은 이색적인 느낌으로 다가온다. 여기가 바로 미지의 사회주의 국가, 조선이구나 하는 느낌말이다. 나 역시 마찬가지였다. 처음 평양 땅을 밟았을 때, 순안공항에서 평양 시내로 들어오는 도로를 따라 곳곳에 펼쳐진 구호들이 북을 상징하는 영상처럼 다가왔다.

그 구호들 중에서 내게 남다른 느낌으로 다가온 것이 세 가지다. 첫째는 '하나는 전체를 위하여 전체는 하나를 위하여' 라는 구호이고, 둘째는 '오늘을 위한 오늘에 살지 말고 래일을 위한 오늘에 살자' 는 구호였다. 셋째는 '위대하신 수령님은 영원히 우리와 함께 계신다' 는 구호였다. 나는 이 세 가지 구호가 오늘의 북을 상징하며, 북이 가고자 하는 내일을 보여준다고 느꼈다. 김일성 주석의 유훈을 간직한 채 집단주의의 가치를 지키며, 당면한 내외의 어려움을 미래에 대한 낙관주의로 돌파하겠다는 결심이 그 구호들 속에 담겨 있는 것이다.

살 길 찾아 국경을 넘은 이들

그중에서도 나는 '래일을 위한 오늘에 살자' 는 구호가 참 마음에 들었다. 북쪽 사람들을 만나 보면 그들은 하나 같이 낙관적인 생각을 갖고 있다. 분명 오늘의 북이 처한 현실은 녹록치 않다. 만성적인 경제난에, 미국이 주도하는 봉쇄의 장벽은 쉽사리 허물어지지 않고 있다. 이 때문에 세계와 소통하며 강성대국 주체사회주의의 미래를 열어나가려는 북의 발걸음도 더디기만 하다. 그럼에도 나는 북의 미래를 긍정하고 낙관한다. 그 이유는 하나다. 이들에게는 '래일을 위한 오늘' 을 사는 철학이 있기 때문이다.

북에서는 대부분의 학생들이 상당히 먼 길을 걸어서 등교한다. 그만큼 교통사정이 좋지 못하기 때문이다. 그래도 그들의 표정에서는 힘들어하는 기색이 별로 없다. 오히려 걸어가면서도 책을 읽는 학생들이 많다. 평양의 학교를 방문했을 때 만난 학생들도 어려운 현실보다는 내일의 주역이 되겠다는 마음들로 충만했다. 인민

어려운 경제현실이지만 '래일을 위해 사는' 북에는 분명 희망이 있다. 사진은 평양의 한 소학교 학생들의 수업 광경.

대학습당에는 외국어 공부와 컴퓨터 공부에 몰두하는 인민들이 줄을 잇고 있었다. 참관지에서 만난 인민들도 낯선 외부인에 대한 경계보다는 웃음이 넘치는 표정들이었다. 모두가 '래일을 위한 오늘'을 살고 있었다.

하지만 이런 북에서도 어려운 '오늘' 때문에 '내일'을 낙관하지 못하고 체제가 흔들리는 위기가 있었다. 인민들 중에서도 적지 않은 이들이 살 길을 찾아 국경을 넘기도 했다. 물론 이들 중 대부분은 연변 지역의 친척집을 떠돌며 식량을 구해 다시 살던 집으로 돌아오곤 했다. 옛날 간도지방으로 불린 연변 일대에는 조선족 동포들이 많이 살고 있다. 이들 중 상당수는 북에 친척을 두고 있다. 이들의 선조들은 구한말과 일제 시기 먹고살 길을 찾아 남부여대(男負女戴)하고 고향땅을 떠난 뒤 간도에 정착한 이들이었다. 해방 후 다시 고향으로 돌아온 이들도 많았지만 생계의 터전을 포기하지 못해 간도 땅에 그대로 남은 이들도 많았다.

1960~70년대까지만 해도 북중 접경지역은 국경의 개념조차 희미한 곳이었다. 그러니 명절 때면 친척집을 방문하는 일이 예사였다. 특히 중국에 몰아친 문화대혁명 시기에는 탄압을 피해 북쪽 땅의 친척집으로 몸을 의탁한 조선족 동포들도 적지 않았다고 한다. 이때만 해도 경제적으로 형편이 나았던 북녘 사람들이 조선족 동포들을 도와주었던 것이다. 그러던 것이 1990년대 이후 상황이 역전된 셈이다.

과거를 묻지 말고 적극 포용하라

탈북자 문제는 방북취재 때 일종의 금기사항이었다. 방북취재 초기 안내선생들은 탈북자 이야기가 나오면 "다 남쪽의 조작일 뿐, 그런 사람들이 없다"고 강하게 부정했다. 또 "그따위 질문이나 하려거든 다시는 취재오지 말라"며 화를 내는 이들도 적지 않았다. 그러다 2000년대 중반부터는 탈북자 문제를 인정하기 시작했다.

한날은 탈북자 문제가 대화주제에 오르자 안내선생이 진지하게 자기 생각을 말한 적이 있었다.

"1990년대 고난의 행군 시절에 먹고살기 힘들다고 조국을 배신한 이들이 있었지요. 용납할 수는 없지만 이해도 됩니다. 그만큼 경제상황이 최악이었으니까요. 그렇지만 조국을 떠난 그들이 행복할 거라고 생각하지 않습니다. 어머니 품을 떠난 자식이 어디를 가든 행복하겠습니까? 설사 세 끼 밥을 배불리 먹는다 해도 중국 땅을 떠돌며 지내는 생활이 두 끼도 못 먹던 조국에서의 생활보다 더 힘들 것입니다. 남쪽으로 간 사람들도 있었지요. 하지만 대부분이 제대로 대접받지도 못하고 불행하게 살고 있다는 걸 우리도 잘 압니다."

그러면서 그는 최근 북 당국에서 "조국을 떠난 이들이 돌아오면 과거를 묻지 말고 적극 포용하라는 방침을 내렸다"고 했다. 처벌이 두려워 돌아오지 못하는 이들이 있다면 과거를 불문할 테니 돌아오라는 메시지인 것이다.

"고난의 행군 시절 우리는 체제를 지키기 위해 인민들의 결속과 단결을 강하게 이끌어갔습니다. 그렇다 보니 인민들 내부에서 극히 일부이지만 이를 이겨내지 못하고 튕겨져 나간 사람도 없지 않았습니다. 손 안에서 흙을 꽉 쥐게 되면 손가락 사이로 일부가 삐져나오지 않습니까? 그런 면이 불가피했다고 봅니다."

갈수록 늘어가는 '탈남자' 수

남쪽으로 들어온 탈북자의 수가 2만 명이 넘는다. 적지 않은 숫자다. 하지만 그들 중 과연 정치적 신념으로 남행길을 결정한 이들이 얼마나 될까? 또 남쪽에서의 생활에 만족하며 행복하다고 느끼는 이들은 얼마나 될까? 북과는 다른 치열한 경쟁사회에서 이들이 제대로 정착하기란 쉽지 않은 현실이다. 대부분 얼마 안 되는 보조금조차 날리고 최하층의 신세를 면치 못하고 있다.

조국을 등지고 외국행을 선택하는 것이 어찌 탈북자뿐일까. 남쪽 역시 마찬가지일 수 있다. 자식교육 때문이든 일자리 때문이든 이 땅을 떠나는 이들이 남쪽에도 적지 않다. 이들은 말한다. 한국에서는 내일의 희망을 찾을 수가 없다고. 그만큼 각박하고 답답한 현실에서 벗어나고픈 욕구가 그들을 '탈남'의 길로 이끄는지도 모른다.

오늘의 희망은 내일의 미래가 있기에 가능한 것이다. 지금 당장은 먹고살기에 어려움이 없다 해도 내일의 미래가 불투명하다면 누구든 불안해질 수밖에 없다. 그래서 사람들은 불안한 미래를 생각하지 않으려고 더더욱 현실의 욕망에 집착하는 것이다.

인간은 누구나 내일에 대한 낙관을 디딤돌로 오늘의 현실을 헤쳐 나간다. 그런 점에서 '래일을 위해 사는' 북에는 희망이 있다. 이것이 북의 강점이자 저력이다.

2

행복한 통일 이야기

유무상통의 길

나눔의 철학이 있는 사회는 행복하다. 이는 가진 것이 모자라 도움을 받는 사람들에게만 해당하는 말이 아니다. 가진 것이 넉넉해 나누어줄 수 있는 사람도 마찬가지로 행복하다. 나눈다는 것은 그만큼 사회를 아름답게 만들고 사람들을 기쁘게 만드는 일이다. 통일 역시 마찬가지다. 우리가 통일한다는 것은 남북이 서로 나누는 일이다. 남는 것을 나누고 모자라는 것을 채우는 일이다. 유무상통(有無相通)의 길인 것이다. 그런 점에서 유무상통은 통일의 정신이다. 그 정신을 바탕으로 서로의 차이를 인정하고 연대하는 것, 이것이 우리가 추구해야 할 통일의 방법이다.

이야기 열 여섯

못 사는 북하고 통일하면 우리만 손해?

최근 통일문제에 대한 여론조사를 해보면 통일의 필요성에 공감하는 비율이 갈수록 낮아지고 있다. 물론 남북의 평화와 화해협력에 대해서는 지지하는 여론이 여전히 높다. 하지만 통일문제로 들어가면 달라진다. 통일을 추진하기보다는 오히려 현상유지를 더 선호하고 있다. 그 이유는 무엇일까? 바로 '경제' 때문이다.

경제에서 찾는 상생의 길

한국경제는 1997~1998년 IMF 당시 성장률이 마이너스로 돌아서고, 구조조정과 명예퇴직, 비정규직 양산이라는 후과를 호되게 겪은 바 있다. 최근에도 2008년 미국의 금융위기 여파로 경제적 어려움이 가중되고 있는 실정이다. 비정규직 문제 역시 여전히 뜨거운 감자다. 치솟는 물가와 전세값 폭등, 구제역 여파까지 서민경제는 갈수록 피폐해지고 있다. 몇 년째 계속되는 경제불황은 국민들의 통일인식에도 큰 영향을 미쳤다. 통일문제를 바라보는 시각에서 '경제적 요인' 을 최우선에 두게 만든 것이다.

여기에는 보수진영이 지난 10년간 집요하게 선전해온 '퍼주기론' 의 영향도 크다. 게다가 만성적인 식량난에 시달리는 북쪽의 상황까지 겹치면서 통일을 하게 되면 일방적인 퍼주기로 남쪽 경제에 심각한 부담이 될 것이라는 인식이 적지 않다. 이처럼 "못 사는 북과 통일하면 우리만 손해"라는 생각이 남측 국민들의 인식을 지배하고 있는 한 통일문제에 대한 관심도, 통일운동의 대중화도 요원할 수밖에 없다.

그렇다면 이 상황을 어떻게 타개할 것인가? 경제적인 이유 때문에 선뜻 통일문제에 공감할 수 없다면 이를 극복할 대안도 결국 '경제' 에서 찾아야 한다. 통일이 남에도, 북에도 모두 좋은 '상생의 길' 이란 것이 확인되어야만 한다. 그래야 국민들도 통일문제에 적극 관심을 갖게 될 것이다. 즉 만성적인 경제불황의 길로 접어든 한국경제가 새로운 성장 동력을 얻고 다시 경제적 도약을 이루자면 통일이 되는 것이, 남북이 화해하고 한반도에 평화가 정착되는 것이 필수조건이라는 사실부터 확증되어야 하는 것이다.

못 사는 북이라고 하지만 북이 지닌 경제적 잠재가치는 엄청나다. 북은 현재 수십 년간 지속돼온 미국의 압박정책으로 대외무역의 길이 원천 봉쇄되어 있다. 하지만 앞으로 북미관계 정상화를 통해 정상적인 경제발전의 길을 걸을 수 있게 된다면 고속성장이 충분히 가능한 잠재력을 지니고 있다.

매장가치 7000조 원의 자원부국

우선 북은 남측과는 비교할 수 없을 정도로 '자원부국'이다. 국토의 80%에 광물자원이 광범위하게 분포되어 있다. 당장 상업화가 가능한 광물만도 20여 종에 달한다. 이명박 정부의 대북정책 핵심브레인 중 한 사람이기도 한 남성욱 국가안보전략연구원장(전 고려대 북한학과 교수)은 "북한에는 200여 종의 유용광물이 있으며, 이 중 금과 은·동·철·아연·중석·마그네사이트·석회석 및 인·흑연 등은 개발가치가 있다"고 말했다. 그의 지적처럼 북에는 아시아 최대의 노천광산인 무산철광에 25억 톤의 철이 매장되어 있다. 마그네사이트는 세계 매장량의 절반에 달하는 40억 톤 규모의 매장량을 자랑한다. 또 2011년 1월 통계청이 발표한 '북한 주요통계지표 보고서'에 따르면 북의 광물 매장량의 잠재가치는 남측보다 약 24배 많은 6983조 5936억 원에 달한다고 한다.

북은 매장가치 7000조 원을 자랑하는 자원부국으로 뛰어난 경제적 잠재력을 지니고 있다. 사진은 25억 톤의 철광석이 매장되어 있는 무산철광의 모습.

7000조 원이라면 도대체 어느 정도 규모일까. 2009년 기준으로 남측의 국민총소득(명목 GNI)은 1068조 7000억 원에 달한다. 북의 경우 24조 6000억 원 규모로 추정된다. 대략 남쪽의 37분의 1 수준이다. 7000조 원은 북의 300년치 국민총소득에 해당하는 액수다. 한마디로 말해 북이 지하자원만 파내도 300년 동안 인민경제를 운영할 수 있다는 것이다.

또한 여기에는 중국의 발해만과 북의 서조선만(서한만) 일대에 묻혀 있는 것으로 예측된 석유는 포함돼 있지 않다. 2006년 3월 중국은 베이징에서 열린 '전국지질조사회의'에서 "북황해 지역의 석유 · 천연가스 전망 1차 평가를 완료했으며, 석유 · 가스를 함유하고 있을 것으로 전망되는 지역과 지질구조를 선정하고 우선적으로 실시할 예비탐사 대상 유정 · 가스정 위치를 확정했다"고 밝힌 바 있다. 북 역시 2001년부터 석유탐사를 시작했고, 2004년 영국 석유회사 아미넥스와 서해안 대륙붕과 평남지역 석유광권 개발계약을 맺었다. 이와 관련해 2008년 아미넥스사는 미국 자유아시아방송(RFA)과의 인터뷰에서 "북에는 채굴 가능한 원유가 40억~50억 배럴 매장돼 있다"고 밝히기도 했다.

휴전선을 넘지 못한 '자원외교'

이명박 정부는 출범 초기부터 '자원외교'를 강조했다. 경제성장을 위해서는 원활한 자원 확보가 시급하다며 남미로, 아프리카로 자원외교에 나섰다. 하지만 바로 휴전선 너머 자원부국이 있다는 현실은 무시하고 있다.

한국의 대표적인 공기업인 포스코는 철강석 수입을 위해 남미까지 자원 세일즈에 나서고 있다. 만약 북의 무산철광을 공동개발해 원산항에서 동해를 거쳐 포항항으로 들여온다면 엄청난 이득을 올릴 것이다. 이럴 경우 포스코는 세계 제일의 철강기업으로 도약할 수 있다. 포스코 역시 지난 2007년 2차 남북정상회담 직후 포스코

베이징법인을 앞세워 북측과 본격 협상에 나섰다. 하지만 정권이 바뀌면서 사업 추진은 유야무야되고 말았다. 그러는 사이 중국 등 5개국에서 북측 광물자원 개발사업에 뛰어들었다. 이들이 맺은 사업개발권만도 총 26건에 달하는데 그중 21건이 중국에 넘어간 상태다.

지난 2007년 10월 남북 당국은 2차 남북정상회담을 통해 10·4 정상선언에 합의했다. 10·4선언의 핵심적 의미는 남과 북이 6·15 정신에 입각해 공동번영의 길을 열자는 것이다. 10·4선언에는 특히 유무상통(有無相通)의 정신으로 북의 지하자원 공동개발에 나서자는 내용이 포함돼 있기도 하다. 이 선언대로 남북 당국이 실천에 나섰다면 남북은 모두 상당한 규모의 경제적 이득을 올릴 수 있었을 것이다. 하지만 남측에 이명박 정부가 등장한 이후 6·15선언과 10·4선언은 실천에 옮겨지지 못했다. 오히려 남북관계는 긴장과 대결 시기로 되돌아가버렸다. 그러는 새 매장가치 7000조 원의 자원부국과의 협력도 수포로 돌아가고 말았다.

글로벌 경쟁 시대에 자원은 이미 무기가 됐다. 자원전쟁이란 말도 있지 않은가. 북의 지하자원은 이념의 잣대로 접근할 사항이 아니다. 이제는 낡은 냉전의 잣대, 이념의 굴레에서 벗어나 실사구시의 관점에서 접근해야만 한다. 북과의 자원개발 협력은 남북의 경제와 민족의 미래가 걸린 문제다.

● 이야기 열 일곱

수에즈 운하와 한반도 물류혁명

세계의 경제학자들은 앞으로 동아시아가 세계경제의 중심이 될 것이라고 전망한다. 중국과 일본, 남북과 러시아가 중심이 되는 동아시아는 20억의 인구와 무궁무진한 지하자원, 뛰어난 노동력과 자본을 지니고 있다. 이러한 동아시아 지역에 항구적인 평화만 이루어진다면 동아시아야말로 장차 세계경제를 이끌어갈 견인차가 될 것이라는 게 경제학자들의 대체적인 견해다.

이들은 또한 세계의 패권을 놓고 경쟁하는 미국과 중국의 미래도 결국 누가 동아시아의 주도권을 쥘 것인가에 달려 있다고 분석하기도 한다.

동아시아의 경제적 잠재력은 남북의 공존과 평화, 인적 · 물적 소통을 전제로 한다. 휴전선으로 분단된 남북에 새로운 소통의 길이 뚫릴 때, 한반도를 중심으로 세계도 소통하게 된다. 남북의 철도와 도로가 연결된다는 것은 단순한 남북의 연결에만 그치지 않는다. 한반도를 통해 대륙과 해양이 연결되는 것이다.

이는 유럽과 동아시아에서 새로운 물류혁명을 의미한다. 남쪽과 일본은 대륙행의 길을 얻게 되고, 유럽은 동남아시아 일대까지 뻗어가는 새로운 육로를 확보하게 된다. 광활한 유라시아 대륙이 하나의 시장으로 묶이는 것이다.

남북이 뚫리면 세계도 뚫린다

특히 유럽의 자본주의 입장에서는 동아시아로 가는 육로 길이 열린다면 140여 년 전 수에즈 운하가 건설되면서 이룩한 물류혁명을 능가하는 새로운 21세기 물류혁명을 이룩하게 될 것이다.

1869년 완공된 수에즈 운하는 지중해와 홍해를 잇는 163km의 운하다. 이집트 시나이 반도 서쪽에 위치한 수에즈 지역은 유럽과 아시아, 아프리카를 잇는 세 대륙의 경계지역이다. 육지로 가로막힌 이곳에 운하를 뚫어 유럽과 아시아를 최단거리로 소통시킨 것이다.

수에즈 운하 건설이 본격적으로 추진되던 19세기 중반 유럽 자

경의선을 잇는 것은 남북을 잇는 것뿐만이 아니다. 남북을 통해 세계가 하나 되는 일이다. 사진은 2007년 5월 17일 남북철도연결구간에서 열린 열차시범운행 광경.

본주의는 새로운 시장개척을 위해 동방으로 적극 눈을 돌렸다. 유럽의 동방에는 바로 인도와 중국이 있었다. 이들 나라에는 당시 유럽 전체 인구의 3배에 달하는 사람들이 살고 있었다. 천혜의 시장이었다.

하지만 동방의 신천지로 본격 진출하기에는 항로가 너무 멀었다. 당시 유럽에서 인도나 중국으로 가자면 아프리카 대륙 최남단 지역인 희망봉으로 돌아갈 수밖에 없었다. 런던에서 남아프리카공화국의 케이프타운을 거쳐 인도 봄베이로 가는 항로는 무려 2만 1400km나 됐다. 그랬던 것이 수에즈 운하 개통으로 항로가 절반으로 단축됐다. 유럽의 자본주의에는 꿈같은 현실이 아닐 수 없었다. 유럽의 자본주의는 이를 통해 본격적으로 제국주의 단계에 들어설 수 있게 됐다.

수에즈 운하 통행세 연간 50억 달러

유라시아 대륙을 잇는 철도는 이러한 수에즈 운하를 능가하는 새로운 물류혁명을 불러일으킬 것이다. 수에즈 운하를 거쳐 유럽에서 한반도까지 배로 이동할 때는 40일이 걸린다. 하지만 유라시아 횡단철도를 이용한다면 보름이면 도착할 수 있다. 이동경로, 이동시간, 이동비용 등 모든 면에서 그 파괴력은 140여 년 전 수에즈 운하 개통을 능가하고도 남을 것이다.

1952년 혁명으로 정권을 잡은 이집트의 나세르는 1956년 당시 영국과 프랑스가 소유한 수에즈 운하의 국유화를 선언했다. 이 때문에 이집트는 이에 반발하는 영국과 프랑스, 이스라엘 등과 2차 중동전쟁을 치러야 했다. 그만큼 수에즈 운하는 세계 물류의 중심이었으며, 세계 자본주의의 관문이었다. 최근 국제문제가 되고 있는 '소말리아 해적'의 목표물 역시 수에즈 운하의 바닷길을 오가는 상선들이다.

수에즈 운하를 국유화한 이집트는 수에즈 운하로 연간 총 50억 달러 이상을 통행세로 벌어들이고 있다(2007년 7월~2008년 6월 51억 1300만 달러). 인구 8000만의 이집트는 연간 수출규모가 143억 달러, 수입규모가 241억 달러(2005년 기준)이다. 수에즈 통행료 수입이 수출 규모의 3분의 1에 달하는 셈이다. 수에즈 운하가 이집트 경제를 지탱하는 중추 역할을 톡톡히 하고 있는 것이다.

'코리아 리스크' 줄이는 길

그렇다면 한반도를 통과하는 유라시아 열차의 통행세 수입은 어느 정도일까? 수에즈 운하의 40% 수준인 20억 달러만 잡더라도 남북은 가만히 앉아서 엄청난 외화수입을 올릴 수 있다. 남북이 각각 절반씩 나눈다면 10억 달러다. 남측에게는 그다지 큰 액수 할 수 없겠지만 북의 경우 이는 대중국 수출액과 맞먹는 규모다. 경의선 연결에 대해 북이 적극적이었던 것도 이 때문이었다.

지난 2007년 10월 2차 남북정상회담에서 발표한 10·4선언 6항의 내용 중에는 "남과 북은 2008년 북경 올림픽경기대회에 남북응원단이 경의선 열차를 처음으로 이용하여 참가하기로 하였다"는 대목이 나온다. 북은 내심 남측이 2008년 8월 북경올림픽 전까지 경의선 북측 구간의 철로 현대화 사업을 지원해주길 기대했을 것이다. 남북을 잇는 경의선이 개통돼 개성, 평양, 신의주를 거쳐 단둥을 오간다면 북측도 내륙지방의 속살을 공개해야만 한다. 이를 감수할 만큼 북은 적극적이었다.

하지만 남북의 철길이 연결돼 대륙으로 가는 길이 본격적으로 열리기 전인 2008년 11월 28일, 북측의 봉동역과 남측의 도라산역을 오가던 경의선 열차는 운행을 중단했다. 2007년 12월 11일 개통한 지 1년도 채 안 된 시점이었다. 2008년 7월의 금강산 총격사건에 대한 항의로 이명박 정부가 내린 조치였다. 그 뒤 오늘까지 경의선의 북방행은 막혀 있다.

물류는 단순한 물자의 이동길이 아니다. 물류가 오가면 사람도 오가고, 문화도 오가고, 마음도 오가게 된다. 진정 북의 변화를 생각하고, 남쪽이 북쪽의 변화를 이끌어내야 한다고 생각하면 북으로 들어가는 길부터 잇는 게 우선이다. 유라시아 대륙을 오가는 물류유통의 중심에 선다는 것은 세계경제의 중심에 서는 것과 같다. 당연히 세계는 한반도를 주목할 것이다.

이러한 한반도의 잠재력은 세계인을 한반도로 불러들일 것이다. 이는 남측 경제의 아킬레스건이라 할 '코리아 리스크'를 감소시키는 효과로 이어질 것이다. 이보다 더 큰 경제적 효과가 어디 있을까. 녹슨 철마로 남북의 경제도, 우리들의 마음도 녹슬어 가고 있는 지금, 세계로 뻗어갈 남북의 철길을 잇는 것은 더 이상 미룰 수 없는 과제다.

이야기 열 여덟

골드만삭스의 장밋빛 전망

통일에 대한 부정적 인식의 핵심은 '못 사는 북과 통일해 봐야 우리만 손해' 라는 인식이다. 만성적인 식량난에 허덕이고, 중국의 지원 없이는 체제를 유지할 수 없는 딱한 모습이 오늘 남쪽에 비쳐지는 북의 모습이다. 이 때문에 우리는 북에 대한 인도적 지원조차 '밑 빠진 독에 물 붓기' 처럼 여기며 답답함을 감추지 못한다. 젊은 층에서는 "차라리 북이 중국의 동북 4성으로 가는 것이 더 낫겠다" 는 생각도 서슴없이 나온다. 목표도 없고, 의욕도 없고, 게으르기까지 한 집안의 사고뭉치 막내, 이것이 북에 대한 남쪽 사람들의 인식이라면 지나칠까?

하지만 이러한 남쪽 사람들의 인식에 경종을 울리는 보고서 한 편이 있다. 2009년 9월 21일 골드만삭스에서 발표한 〈통일코리아,

북 리스크 재평가〉라는 보고서다. 이 보고서에서 골드만삭스는 "만약 코리아가 통일이 된다면 2050년에 기존 G7 국가들을 앞서는 경제대국이 될 것"으로 전망했다.

"통일코리아 GDP 규모 G7 제칠 것"

골드만삭스는 메릴린치, 모건스탠리와 함께 세계 3대은행으로 손꼽히는 회사다. 특히 2008년 서브프라임 모기지 사태로 촉발된 금융위기에서 벗어난 유일한 미국의 대형 투자은행이다. 그런 곳에서 월가 투자자를 위한 보고서에 2050년 통일코리아의 GDP 규모가 프랑스와 독일, 영국 등 현재의 G7을 제칠 것으로 전망한 것이다. (또 다른 골드만삭스의 보고서에서는 2050년 세계 8대 경제대국을 중국, 미국, 인도, 브라질, 일본, 러시아, 통일코리아, 독일 순으로 꼽았다.)

그렇다면 골드만삭스는 어떤 근거로 그런 장밋빛 전망을 내놓았을까? 골드만삭스는 첫째 북이 지닌 풍부하고 경쟁력 있는 노동력, 둘째 남쪽의 자본력 · 기술과 북의 천연자원 · 노동력이 만들어낼 시너지 효과, 셋째 경제통합 시기에 발생하는 생산성과 통화가치 상승으로 인한 대규모 잠재적 이익 등을 3대 통합효과로 꼽았다. 그 중에서도 특히 북이 지닌 잠재력이 통일코리아의 성장동력이 될 것이라는 게 골드만삭스의 분석이다. 물론 월가에서 나온 보고

골드만삭스의 보고서에서 지적하듯이 북이 지닌 잠재력은 통일코리아의 새로운 성장동력이 되기에 충분하다. 사진은 2008년 10월 평양에서 열린 제5차 국제상품전람회 광경.

서 한 편에 유난을 떨 필요는 없겠지만 세계경제를 좌지우지하는 월가에서 나온 보고서라는 점에서 그 무게감은 결코 작지 않다.

못 사는 북이라고 하지만 골드만삭스의 진단처럼 북이 지닌 경제적 잠재가치는 엄청나다. 무엇보다도 북은 세계적인 '자원부국'이다. 국토의 80%에 광물자원이 분포되어 있고, 매장가치만도 7000조 원에 달한다고 한다. 자원의 95%를 수입에 의존해야 하는 남측과는 비교가 되지 않는 규모다. 또한 전 인민에 대한 11년 무상의무교육에서 확인되듯 품질 좋은 노동력을 갖고 있다. 개성공단에 입주한 남쪽 기업들이 하나같이 이야기하는 것이 북측 노동자들의 기술 습득 능력이 아주 뛰어나다는 것이다. 중국이나 동남아의 노동자들과 비교해 2~3배는 빠른 이해력을 갖고 있다고 한다. 물론 언어가 같아 소통이 빠르다는 점도 큰 장점일 것이다. 또한 북은 현재는 수십 년간 지속돼온 미국의 압박정책으로 대외무역의 길이 원천 봉쇄되어 있지만 앞으로 북미관계 정상화를 통해 정상적인 경제발전의 길을 걸을 수 있게 된다면 고속성장이 충분히 가능한 잠재력을 지니고 있다.

적신호 켜진 노동집약형 수출주도경제

이와 대조적으로 남측 경제의 미래에 대해서는 비관적 전망이 갈수록 커지고 있다. 한국경제는 1950~60년대 해외원조와 차관을 통해 극빈 상태를 면했고, 1970~80년대 노동집약적 수출주도형 경제로 '한강의 기적'이라 불리는 고속성장을 이루어냈다. 하지만 1990년대 이후 이러한 경제구조 자체가 한계에 봉착하고 있다는 분석이 많다.

그 단적인 예가 1997년의 IMF 사태다. 외형적으로는 OECD에 가입한 세계 12위권의 경제대국이라고 하지만 중국의 성장으로 노동집약적 수출산업에 적신호가 켜졌다. 반도체와 IT, 자동차 분야 등 경쟁력 있는 산업에서도 브릭스(BRICS) 등 후발주자들의 추격에 입지가 흔들리고 있다. 또 자원빈국의 입장에서 국제유가나 원자재 값 폭등에도 휘청거려야 한다. 여기에다 일상화된 고용불안과 치솟는 물가는 서민경제를 더욱 위기로 몰아넣고 있다.

경제관료들과 주류 경제학자들은 경제위기의 타개책으로 미국, 유럽연합(EU) 등 선진국과의 자유무역협정(FTA) 체결로 수출기업에 유리한 환경을 조성하자고 주장한다. 하지만 농업의 기반 붕괴와 경쟁력이 취약한 중소기업의 도산으로 부작용 역시 만만치 않을 것이다. 또 지금은 이미 세계적으로 한계에 다다른 신자유주의 경제 시스템에 대한 대대적인 개선이 필요한 시점이다. 전면적인 자유무역경제가 몰고 올 후과는 자칫 한국경제의 심각한 위기로 이어질 수도 있다.

한국경제의 미래 성장동력

한국경제의 새로운 성장동력을 만성적인 재정적자에 시달리는 미국 주도의 경제체제가 아니라 동아시아의 새로운 다자간 협력체제에서 찾아야 한다는 문제의식이 나오는 것도 이 때문이다. 북의 무궁무진한 지하자원과 질적으로 우수한 노동력을 적극 활용하고, 한반도가 지닌 지정학적 이점에, 중국과 동아시아의 거대한 시장을 공략할 대안을 수립한다면 한국경제의 미래도 결코 어둡지 않다는 것이다.

그런 점에서 '못 사는 북과 통일하면 우리만 손해' 라는 생각은 20세기의 망령일 뿐이다. 현재 세계는 경제적 이해관계로 재편되고 있다. 남북 역시 경제적 이해관계를 바탕으로 새로운 관계정립에 나서야 할 때다. 하지만 남북의 앞에 놓여 있는 현실은 천안함 침몰과 연평도 포격 사건에서 확인되듯 군사적 긴장의 연속이다. 이 때문에 남쪽은 '안보 리스크' 의 부담만 점점 커지고 있다. 그런데도 남북관계 개선은 늘 미래의 일로 취급됐다. 대결의 관계는 오늘도 청산되지 못하고 있다.

그렇다면 대안은 무엇일까? 이에 대해 골드만삭스의 보고서는 시사하는 바가 크다. 남도 북도 위기의 경제를 타개할 대책이 결코 멀리 있지 않다. 이것이 골드만삭스 보고서에서 우리가 얻어야 할 교훈이다.

이야기 열 아홉

개성공단, 미래로 가는 통일의 문

남측에서 자본과 기술을 제공하고 북측이 토지와 노동력을 제공해 조성한 개성공단은 남측 중소기업의 새로운 돌파구로 각광받았다. 최근 이를 반영하는 보고서도 나왔다. 한국산업단지공단 산업입지연구소가 지식경제부에 제출한 〈개성공단 기업의 국내 산업 파급효과 및 남북 산업 간 시너지 확충방안〉이라는 용역보고서다.

보고서에 따르면 개성공단이 설립된 2005년부터 조사시점인 2010년 9월까지 남측 경제에 미친 생산 유발효과가 47억 4368만 달러(약 5조 2668억원)에 달하고, 2만 7547명의 취업자가 발생한 것으로 분석됐다.

또 통일부 발표에 따르면 2010년 개성공단 전체 생산액은 3억 2332만 달러로 2009년의 2억 5674만 달러에서 26%나 증가했다고 한다. 2010년 말 기준으로 개성공단 근로자 수는 4만 6274명, 입주기업체 수도 총 122개에 이르고 있다.

큰소리 빵빵 쳐도 고개 숙일 수밖에 없다?

이러한 결과는 참으로 눈물겹기까지 하다. 이명박 정부가 2010년 5월 24일 천안함 사태의 대응책으로 취한 '5·24조치'에 따라 현재 개성공단에는 신규투자가 전면 중단된 상태다. 또 상주인원 숫자도 900명에서 500명으로 대폭 감소됐다. 물자와 인력의 통행도 제한을 받고 있다. 이 때문에 외국 바이어들의 주문 취소가 이어졌다. 개성공단 입주기업들은 도산 직전까지 내몰렸다. 그런 현실에서도 개성공단이 가동 중단의 위기를 딛고 돌아가고 있는 것이다.

하지만 개성공단의 미래는 여전히 불투명하다. 2단계 공단 조성사업은 하세월이다. 정부의 5·24조치 역시 언제 해제될지 모른다. 북측에서 2011년 2월 개성공단 사업 활성화를 위한 남북대화를 제기해 왔지만 이명박 정부는 이를 거절했다. 천안함과 연평도 사태에 대한 북의 책임 있는 조치를 먼저 요구한 것이다. 한때 남측 경제의 활력소로 주목받던 개성공단이 이제는 계륵 같은 존재가 되어 버린 꼴이다.

개성공단 문제를 보면 이명박 정부의 대북정책 방향을 확인할 수 있다. 이명박 정부는 북이 개성공단 가동으로 얻는 경제적 실익이 크다고 본다. 그래서 공단 가동이 중단된다면 아쉬울 건 북이라고 생각한다. 개성공단이 문을 닫으면 북측 노동자들에게 지급되는 달러가 북으로 들어가지 못한다. 이럴 경우 북이 받게 되는 경제적 타격이 심각하다고 한다. 그래서 북이 겉으로는 큰소리를 빵빵 쳐도 결국 고개를 숙일 수밖에 없다고 여기는 것이다.

지난 정권 때처럼 북에 끌려 다니지 않아야 북을 제대로 다룰 수 있다, 그래서 이참에 개성공단을 폐쇄시켜 북을 확실히 길들일 필요가 있다…. 과연 그럴까?

개성공단 폐쇄되면 남측 손실이 북의 300배

개성공단에서 북이 벌어들이는 수입은 어느 정도일까? 4만 6000여 명에 이르는 근로자가 받는 월급이 연간 4000여 만 달러(1인당 월 평균 73달러)이고, 연간 세금·통신비가 480만 달러다. 대략 600억 원대다. 여기에 공단 조성사업을 맡은 현대아산이 50년 토지 임차료로 북에 지불한 1600만 달러를 분등해 포함시켜도 연평균 수입은 700억 원 수준이다.

2008년도 북의 수출규모는 28억 달러다. 최근 대중국 수출액이

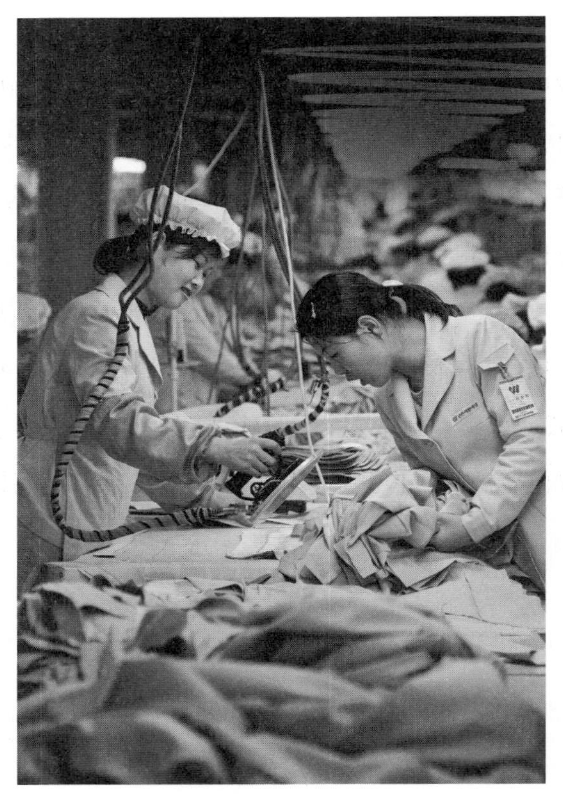

개성공단은 결코 대북 퍼주기의 상징이 아니다. 남쪽 중소기업에는 주요한 돌파구이자 남북 상생경제의 실험장이다. 사진은 개성공단에서 일하는 북측 여성노동자들.

증가한 것을 고려한다면 북의 대외 수출규모는 30억 달러(3조 6000억 원)선이다. 개성공단으로 북이 벌어들이는 수입이 전체 수출액의 2% 수준인 것이다. 여기에다 중국의 무상지원과 공식 무역통계에 잡히지 않는 보따리 무역과 인력수출을 포함한다면 개성공단의 비중은 1%대라는 것이 정확할 것이다.

물론 어려운 북의 경제현실을 감안한다면 적지 않은 액수다. 하지만 이 정도 액수로 북의 경제가 좌우된다고 보기는 힘들다. 따라서 북이 현재와 같은 남북관계 파탄 국면 속에서도 개성공단 유지를 위해 '울며 겨자 먹기'로 고개를 숙일 것이라는 판단은 '틀렸다'고 할 수 있다.

그런데도 이명박 정부는 개성공단 문제를 두고 '아쉬운 북이 고개 숙이고 나올 때까지 기다리는 것도 전략'이라고 생각한다. 그러는 새 죽어나는 것은 오히려 남측 기업이다.

조봉현 기업은행 경제연구소 연구위원의 분석에 따르면 개성공단이 문을 닫을 경우 공단 조성비용, 입주기업 매출 손실 등 남측 경제의 직접 피해액만 5조 8000억 원이라고 한다. 국가신인도 하락 등에 따른 간접 피해액까지 합칠 경우 21조 3000억 원에 달할 것으로 추정된다.

북이 입게 될 손실과 비교한다면 무려 300배에 달하는 수치다. 2009년 기준으로 남측의 국민총소득(명목 GNI, 1068조 7000억 원)이

북(24조 6000억 원)의 37배에 달하는 점을 고려해도 남측이 받는 충격이 10배 가까이 크다는 이야기가 된다.

이쯤 되면 개성공단 폐쇄가 누구에게 독이 될지는 명확하다. 기다리는 것도 전략이 아니라 기다릴수록 남쪽 기업과 경제에만 타격이 커진다. '경제대통령' 이라는 이명박 대통령이 이를 왜 모르는지 안타까운 노릇이다.

상생의 경제 실험하는 통일 훈련장

현대아산과 북측 간에 개성공단 조성사업이 처음 논의될 때, 북측 군부의 반발이 이만저만 아니었다고 한다. 그럴 만도 하다. 개성은 북측 입장에서 보면 휴전선 바로 이북의 군사요충지이기 때문이다. 개성공단이 들어서게 되면 북으로서는 휴전선을 수십km 뒤로 물리는 꼴이 된다. 그런데도 북이 결단을 내린 것이다.

게다가 2, 3단계 공단 조성사업이 마무리되고 2007년 2차 정상회담에서 합의한 것과 같이 해주지역에도 경제특구가 들어선다면 북은 서부전선 일대를 남측에 공개하는 셈이다. 남측으로서는 이만한 안보효과가 없는 것이다.

또한 개성공단 조성은 한계에 부닥친 남측의 노동집약형 산업에 새로운 출로가 되는 사업이다. 국내에서는 사양산업으로 전락한 중소기업들은 그동안 동남아와 중국을 전전해야만 했다. 하지만 개성공단은 동남아와 중국에 비해 저렴한 임금에, 언어가 같아 기술전수가 용이했다. 중소기업 입장에서는 새로운 돌파구가 되기에 충분했다.

개성공단은 결코 대북 퍼주기의 상징이 아니다. 남북 상생경제의 실험장이다. 통일을 준비하는 훈련장이다. 북은 개성공단을 통해 자본주의 기업의 운영방식을 이해하고, 세계경제와 교류하는 연습을 할 수 있다.

공단 초창기 이질적인 기업문화로 오해도 많았던 남측의 관리자와 북측의 노동자가 이제는 서로 머리를 맞대고 생산성 증대를 위해 노력하고 있다. 이야말로 우리가 꿈꿔온 미래가 아닌가. 그런데도 개성공단의 문을 닫아야 한다고? 미래로 가는 문을 닫아버리면 남는 것은 결국 과거뿐이다.

● 이야기 스물

한강의 기적과 대동강의 기적

최근 북은 '인민생활 향상'을 국가정책의 전면에 내세우고 있다. 북은 몇 해 전부터 김일성 주석이 태어난 해의 100주년이 되는 2012년을 '강성대국의 대문을 열어젖히는 해'로 설정하고 경제문제 해결에 총력을 기울여왔다.

북이 생각하는 경제에서의 강성대국은 어떤 수준일까? 내가 만난 북측 관계자는 이를 "인민들에게 적어도 중진국 수준의 물질적 풍요를 보장하는 것"이라고 했다. 2012년까지 그 발판을 만든 뒤 단기간에 중진국 수준으로 경제를 도약하는 것이 북의 당면한 경제목표인 것이다.

2008년 방북취재 때 만난 북측 인사가 이명박 정부의 '비핵·개방·3000'을 두고 코웃음을 친 적이 있었다. "북이 비핵하고 개방하면 10년 안에 1인당 국민소득 3000달러를 만들어주겠다"는 것이 '비핵·개방·3000'의 요지다. 하지만 그는 "이명박 정부가 훼방만 놓지 않는다면 우리 힘만으로 10년 안에 1만 달러까지도 충분히 올라갈 수 있다"고 자신했다. 북의 이러한 자신만만함은 어디에서 나오는 것일까? 근거 없는 허장성세에 불과한 것은 아닐까?

'비핵·개방·3000'에 코웃음 치는 북

중진국 이야기가 나왔으니 남쪽의 경제발전 과정을 한번 살펴보자. 남쪽이 중진국 대열에 올라선 것은 88올림픽을 거치면서부터다. 이때 처음으로 1인당 국민소득이 5000달러를 넘어섰다. 먹고 살 만해졌다는 소리가 나온 것도 이때부터다. 중진국 진입 샴페인이라 할 해외여행 자율화 조치가 시행된 것도 1989년이었다. 또 1인당 국민소득이 1만 달러를 돌파한 것은 1995년이었다. 그뒤 IMF로 다시 1만 달러 아래로 곤두박질치기도 하고, 2000년대 들어 성장속도가 둔화되기는 했다. 하지만 지금은 1인당 국민소득 2만 달러 진입을 눈앞에 두고 있다. 국내총생산(GDP) 규모 세계 12위권의 경제강국이 된 것이다.

남쪽 경제가 본격적으로 경제개발에 나선 것은 1962년부터다. 이때 경제개발 5개년 계획이 처음 시행되었다. 미국의 원조와 차관, 1965년 한일협정 체결로 일본이 제공한 무상 3억 달러, 유상 2억 달러, 상업차관 3억 달러가 종자돈이 되었다. 1962년 1인당 국민소득이 100달러도 채 되지 않았던 빈곤국가가 '한강의 기적'이라 불리며 중진국 반열에 올라서는 데는 이렇듯 26년이 걸렸다. 변변한 자원 하나 없는 상황에서 순전히 노동자들의 저임금과 농민들의 저곡가 정책을 발판 삼아 노동집약형 수출주도산업으로 연평균 10% 내외의 고도성장을 이룬 것이다.

10년 안에 국민소득 1만 달러 돌파

그렇다면 북의 현실은 어떨까? 현재 북의 1인당 국민소득 추정치는 1000~1200달러 선이다. 직접 눈으로 북의 경제현실을 확인한 사람들은 남쪽의 1970년대 수준이라고 평가한다. 1980년 남쪽의 1인당 국민소득이 1597달러니 대체로 맞아떨어진다 하겠다. 하지만 본격적인 경제개발에 나선 1960년대의 남쪽과 비교해볼 때 북이 처한 현실은 훨씬 양호하다.

우선 북에는 매장가치 7000조 원에 달하는 풍부한 지하자원이 존재한다. 또한 북은 11년간 무상의무교육을 받은 질 좋은 노동력을 소유하고 있다. 여기에 북미관계 정상화로 한반도의 평화가 실현된다면 물류, 유통의 시너지 효과 등 경제성장의 내외적 호조건

우리가 '한강의 기적'을 이룬 것처럼 북 역시 '대동강의 기적'을 이루기에 충분한 가능성을 지니고 있다.
사진은 주체사상탑에서 내려다본 대동강 전경.

들을 갖출 수 있다. 경제개발 초기 남쪽은 미국의 차관, 원조와 일본의 '배상금'으로 경제성장의 자금을 확보했다. 이에 비해 북은 미국의 경제봉쇄라는 장애물만 넘어선다면 서구 자본의 본격적인 진출, IMF와 세계은행의 자금 지원이 가능해진다. 1960~70년대의 남쪽보다 훨씬 많은 투자를 유치할 수 있다. 게다가 북은 1990년 북일회담 당시 일본으로부터 식민지 지배에 대한 보상 개념의 100억 달러 지원을 확답받기도 했다.

이러한 조건을 토대로 본다면 남쪽이 26년 걸린 중진국 진입은 물론, 1인당 국민소득 1만 달러 돌파도 그리 머지않은 장래의 일이 될 것임에 분명하다. 북측 인사의 자신만만함이 결코 허장성세가 아닌 것이다.

미래가치, 희소가치, 내재가치

부동산과 주식의 투자 고수들이 강조하는 말 중 3대 투자가치라는 것이 있다. 바로 미래가치, 희소가치, 내재가치다.

투자여건을 생각할 때 현재의 모습만을 보지 말고 미래의 가능성을 봐야 한다. 금이 비싼 이유가 희소성 때문인 것처럼 여건이 좋다 해도 희소가치가 없으면 투자하지 마라. 겉으로 드러난 외형에 현혹되지 말고 드러나지 않는 내형을 살펴라….

만약 투자의 고수들이 오늘의 북을 바라본다면 어떤 판단을 할까? 현재의 북은 식량난과 생필품 부족에 허덕이는 가난한 나라다. 하지만 북의 미래가치에 주목한다면 이것이 전부는 아닐 것이다. 또한 북은 유럽의 투자자들로부터 '동방의 엘도라도'라 불릴 만큼 자원과 물류 면에서 충분한 희소가치를 지니고 있다. 게다가 뛰어난 노동력과 높은 교육열, 근면한 민족성과 집단주의 기풍 등 사회적으로 잠재된 내재가치 역시 우수하다. 현재는 남쪽이 우량주이고 북은 불량주 취급을 받고 있지만 20~30년 후 상황이 역전되지 말라는 법도 없는 것이다.

우리 부모님들은 자식들의 짝을 고를 때, 미래의 가치를 먼저 보았다. 가난하지만 미래의 가능성이 열린 남자와의 결혼은 당장은 고생스럽더라도 나중에는 행복할 수 있다고 했다. 또 배우자를 찾을 때 그 사람만이 지닌 장점을 발견할 줄 알아야 한다고 했다. 겉모습이 아닌 내면의 참모습을 보라고 했다. 이처럼 미래가치와 희소가치, 내재가치를 평가할 줄 아는 것은 투자에서도, 인생에서도 꼭 필요한 혜안(慧眼)이다.

분단은 과거부터 현재까지의 사건이지만 통일은 미래를 향한 새로운 도전이다. 당연히 시선도, 기준도, 잣대도 과거가 아닌 미래의 것이어야 한다. 미래의 눈으로 북을 바라본다면 우리는 북의 새로운 가치를 발견할 수 있다. 그 가치는 장차 남쪽에도 큰 도움이 될 것이다.

이야기 스물 하나

블루오션을 잡아라

몇 해 전인가 북측과 협력사업을 추진하고 싶다는 사람을 만난 적이 있었다. 《민족21》이 북측과 신뢰관계가 '돈독하다'는 이야기를 듣고 찾아왔다고 했다. 그가 꺼내 놓은 구상은 원산의 명사십리 해수욕장처럼 공기 맑고 물 좋은 곳에 암 치료센터를 짓자는 것이었다.

"북의 고려의학 수준이 상당하다고 들었습니다. 북은 장명이나 금당-2 주사약처럼 암과 같은 난치병에 효과가 높은 의약품도 개발했고, 수기치료나 침뜸과 같은 전통의학도 현대화했습니다. 이런 북에다 암 치료센터를 개원하면 아주 사업성이 높을 것입니다."

그는 의학 쪽에 지식이 짧은 내게 열심히 설명을 했다.

남쪽이나 일본은 물론이고 서구에서도 암과 같은 난치병 치료에 동양의 전통의학을 활용하는 경우가 많다. 북은 남쪽보다 동의학의 전통이 훨씬 살아있다. 북에다 암 치료센터를 짓는다면 세계적인 관심사가 될 것이다. 특히 북은 오염이 덜 된 청정의 이미지가 있다. 요양시설의 성공 가능성이 아주 높다….

"원산 명사십리에 암 센터를 세웁시다"

하지만 이 사업을 추진하기란 쉽지 않았다. 설사 의료센터나 요양원을 개설한다고 해도 시한부 선고를 받은 사람들을 북측에 들여보내기란 현재의 남북관계 수준으로는 거의 불가능했다. 현재 인적교류는 제한된 일정 속에 특정한 교류협력 사업에서만 허가되고 있다. 생사의 갈림길에 선 이들이 남북을 오가는 것은 남북 당국 모두 쉽사리 승인할 수 없는 사항이다.

상황을 충분히 납득시키고 이야기를 마치자, 그는 답답함과 아쉬움이 교차하는 표정으로 일어섰다. 그러면서 다시 이렇게 말했다.

"북의 고려의학과 때 묻지 않은 자연환경, 그리고 순박한 사람들의 심성은 분명 가까운 미래에 세계적인 관심을 끌 것입니다. 암과 같은 난치병의 원인이 무엇이겠습니까? 자본주의가 만든 오염투성이 환경 속에서 여유를 잃어버린 채 정신없이 일하다 보니 심신의 피로와 스트레스가 쌓여 생기는 병 아닙니까? 그런 점에서 봐도 이

사업은 꼭 필요합니다. 또 충분히 성공할 수 있습니다."

한번은 한의사로 일하는 후배를 만난 적이 있었다. 그는 정치나 이념과는 거리가 먼, 우직하게 병원 일에만 몰두하는 의사였다. 그가 말하길 "북이 의약품도 부족하고 의료시설도 열악한데다 만성적인 식량난에 시달리는 조건인데도 대규모 전염병이 돌지 않는 걸 보면 나름의 의료기반이 있다"는 것이었다. 그도 역시 그 저력을 고려의학에서 찾았다. 부족한 의약품을 대체할 약초 연구나 특별한 의약품이 필요없는 수기치료와 침뜸 같은 분야는 남쪽보다 훨씬 발전되어 있을 것이라고 했다.

고려의학의 잠재력과 상품성

이들의 분석과 진단처럼 북의 고려의학은 세계적 수준을 자랑한다. 자본주의 시각으로 봤을 때도 사업성이 충분하다. 북이 개발한 장명은 1995년 4월 스위스에서 열린 제23차 국제발명대회에서 의약품으로는 최초로 금상을 수상한 제품이다. 자연버섯에서 추출한 면역다당제로 구성된 장명은 2003년 이산가족 상봉 때 북측 가족들이 남쪽에 전달하면서 유명세를 탔다. 특히 항암치료에 효과가 크다고 한다.

장명과 더불어 남쪽에 많이 알려진 금당-2 주사약도 각종 국제

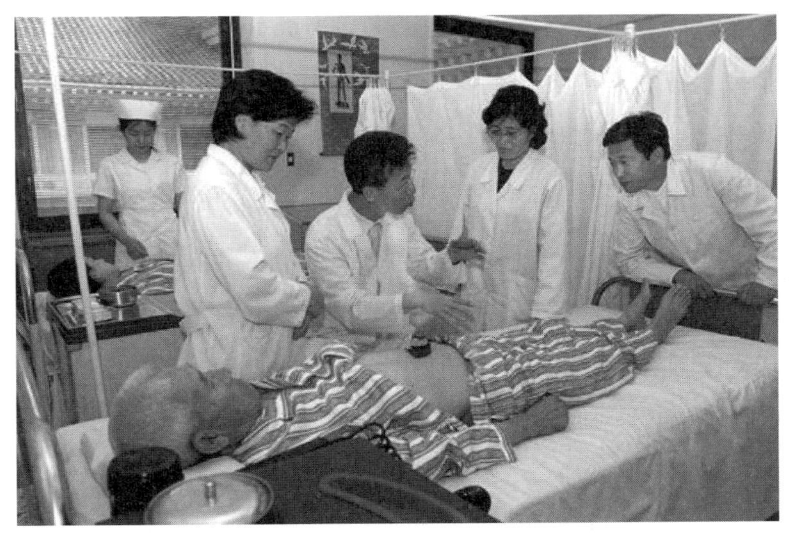

북은 고려의학과 만화영화산업, IT산업, 관광산업 등 21세기 미래산업의 성장 가능성이 대단히 높다. 사진은 평양고려의학원의 치료 광경.

상품전시회에서 호평을 받은 제품이다. 개성고려인삼에서 추출한 식물성 면역치료제인 금당-2 주사약 역시 면역성 증가와 항암치료에 효과가 크다고 한다. 민간교류가 활성화된 2008년 이전까지만 해도 북을 방문하는 남측 사람들에게 가장 인기가 많은 제품이 장명과 금당-2 주사약이었다. 또 실제로 주변의 암 환자들 중에서 이 약을 복용하고 효과를 봤다는 사람들도 적지 않았다.

고려의학 분야 외에도 북에는 성장가능성이 높은 산업분야가 많다. 유럽이나 일본, 미국의 만화영화 작품 중에는 북에서 원화 작업을 진행한 작품이 적지 않다고 한다. 디즈니사의 〈라이언킹〉과

폭스사의 〈더 심슨스〉가 북이 제작에 참여한 대표적인 영화들이다. 또 남쪽 아이들에게 선풍적인 인기를 끈 〈개구장이 뽀로로〉와 〈게으른 고양이 딩가〉도 북에서 제작에 참여했다. 비용이 저렴하다는 장점도 크지만 손재주가 많은 우리 민족의 특징처럼 북 역시 만화영화 분야에서 세밀하고 섬세한 능력을 갖고 있다. 지난 2010년 10월 15일 한미경제연구소(KEI) 주최로 워싱턴에서 열린 '북에 대한 외국인 직접투자' 강연회에서 미국 전략국제문제연구소 태평양포럼의 케빈 셰퍼드 박사는 광물산업과 함께 만화영화산업을 잠재력과 수익성이 높은 투자유망 분야로 꼽기도 했다.

무궁무진한 투자유망 분야

컴퓨터 소프트웨어 개발 분야도 투자유망 분야다. 북에서는 컴맹이 음치와 흡연자와 함께 '21세기 3대 바보'라고 불린다. 그만큼 컴퓨터에 대한 관심이 폭발적으로 확산되고 있다. 북은 이미 주요 정부기관과 학교, 도서관 등에 홈페이지 구축사업을 완료했다. 전국적인 인트라넷 통신망 구축도 끝냈다. 어느덧 북에서도 채팅과 컴퓨터게임이 젊은이들의 일상이 되고 있다.

대학에서도 컴퓨터관련 학과가 최고의 인기를 누리고 있다. 조선컴퓨터센터(KCC) 등에는 20대의 박사급 인재가 바글바글하다. 이들이 개발한 음성인식, 지문인식 등 보안관련 프로그램은 세계적인 기술력을 자랑하고 있다. 바둑프로그램 은별은 세계컴퓨터바둑대회를 석권하고 있다. 이러한 북의 소프트웨어 개발 능력에 주목한 유럽과 중국의 기업들이 앞 다투어 북과 계약을 체결하고 있다.

또한 북은 관광자원의 보고이기도 하다. 북에 가보면 외국인 관광객들이 적지 않다. 그중 상당수는 중국 관광객들이지만 유럽의 관광객 수도 갈수록 늘고 있다. 한번은 주체사상탑에서 유럽의 단체관광객들을 만난 적이 있었다. 그들은 북을 찾은 이유를 이렇게 말했다. "유럽에서는 이미 사라진 사회주의를 보러 왔다." 그들은 북의 깨끗한 공기와 순박한 사람들, 그리고 아름다운 경치를 두고 연신 엄지손가락을 내밀며 '원더풀'을 외쳤다. 북측 당국도 〈아리랑〉 공연을 관광상품으로 내세우며 주체사회주의를 세계에 알리는 작업에 박차를 가하고 있다.

이처럼 지식정보화산업과 문화관광산업이 중심이 될 21세기 경제에서 북은 뛰어난 잠재력을 가지고 있다. 굴뚝산업, 대규모 공장산업의 20세기 시각에서만 본다면 북의 잠재력을 발견하기란 쉽지 않다. 하지만 21세기 미래산업 분야로 접근한다면 북의 가능성은 무궁무진하다. 언제까지 이를 중국이나 유럽의 자본에게 맡길 것인가. 새로운 블루오션, 북의 잠재력과 가능성을 바로 볼 수 있는 안목이 우리에게 절실한 때다.

● 이야기 스물 둘

유무상통(有無相通)

"안 선생도 아시다시피 우리는 산지가 많고 농지가 적습니다. 그러니 식량 자급자족이 말처럼 쉽지 않단 말입니다. 농업 분야 일꾼들이 품종개량과 토지정리에 온 힘을 쏟고 있지만 만만한 일이 아닙니다. 그렇다 보니 여유가 있는 남쪽에서 쌀을 좀 지원해주면 좋겠다는 게 인민들의 생각이죠. 그렇다고 그냥 달라는 건 아닙니다. 대신 남쪽이 절실한 지하자원을 우리가 좀 나눠주면 되지 않겠습니까?"

"당연히 그렇게 돼야죠. 요사이 남쪽 기업들이 원자재 값 폭등으로 자원 확보가 발등의 불처럼 되었습니다. 현재 포스코가 철광석을 중남미에서 수입하고 있는데 북에도 질 좋은 철광석이 많지요. 만약 포스코가 철광석을 북에서 들여오면 물류비도 대폭 줄이고 원자재 조달 기간도 단축시킬 수 있어 세계 제일의 철강기업으로 성장할 수 있을 겁니다."

"물론이죠. 우리 속담에 누이 좋고 매부 좋다는 말이 있는데 이럴 때 딱 들어맞지 않겠습니까? 그게 10·4선언이 표방한 정신이란 말입니다."

누이 좋고 매부 좋은 길

2차 남북정상회담 직후인 2007년 10월 방북취재 때 북측 안내선생들과 나눈 말이다. 당시 《민족21》은 10·4선언 이후 언론사로는 최초로 북을 방문했다. 당연히 10·4선언에 대한 북측의 반응도 취재의 주요 내용 중 하나였다.

10·4선언 발표 당시 나의 가슴을 때린 것은 네 글자였다. 유무상통(有無相通). 있는 것과 없는 것을 서로 융통한다는 뜻이다. 유무상통의 원칙을 언급한 10·4선언 5항은 이렇게 시작한다.

"남과 북은 민족경제의 균형적 발전과 공동의 번영을 위해 경제협력사업을 공리공영과 유무상통의 원칙에서 적극 활성화하고 지속적으로 확대 발전시켜 나가기로 하였다."

통일의 정신과 방향을 이처럼 적확하게 지적한 말이 또 있을까? 나는 북측 안내선생들과 유무상통을 주제로 함께 이익을 얻고 함께

남측이 경공업 원자재를 북에 제공하고 그 대가로 북이 광물자원을 지원하기로 한 10 · 4선언 정신에 따라 2008년 1월 4일 북의 광물자원을 실은 배가 남측에 도착했다.

번영을 이루는 통일의 밑그림을 그려 보느라 시간 가는 줄 몰랐다.

북은 10·4선언에 대한 기대가 자못 컸다. 북에서 대남사업의 실무를 총괄하는 민화협 관계자들은 "10·4선언으로 북남협력사업이 이전과는 차원이 다른 질적 발전을 이룰 것"이라고 자신했다. 물론 한 가지 우려사항도 있었다. 연말 대선에서 남측의 정권이 바뀌면 모든 것이 수포로 돌아가지 않겠냐는 우려였다.

나는 이명박 후보가 당선된다 해도 10·4선언을 부정하지 못할 거라 장담했다. 경제를 생각한다면 누구든 유무상통의 정신을 인정할 수밖에 없다. 더구나 이명박 후보는 '경제대통령'을 전면에 내걸고 있지 않은가. 하지만 그 장담은 오래지 않아 빈말임이 드러나고 말았다.

삼척동자도 알 수 있는 상식

이명박 정부 등장 이후 유무상통의 원칙은 유명무실 되고 있다. 꽉 막힌 남북관계로 포스코는 가까운 휴전선 이북을 놔두고 오늘도 멀리 남미에서 태평양을 대각선으로 가로질러 철광석을 수입해오고 있다. 대신 중국과 유럽연합(EU), 중동의 기업들이 북의 탄광에 투자하기 위해 앞 다투어 몰려들고 있다. 그러는 동안 북의 식량사정도 여전히 호전되지 못한 채 인민들은 식량난에 시달리고 있다.

북이 필요로 하는 자본과 기술을 남이 제공하고, 남이 필요로 하는 노동력과 땅을 북이 제공해온 개성공단의 현실도 마찬가지다. 공단이 문을 닫는 최악의 상황은 모면했다고는 하지만 예전과 같은 활력은 잃은 지 오래다. 외국의 바이어들도 점차 개성공단에서 등을 돌리기 시작했다. 한때 남측 중소기업의 새로운 돌파구로 여겨졌던 개성공단이었지만 지금은 특단의 조치가 취해지지 않는 한 미래가 불투명한 상태다.

쌀과 지하자원을 바꾸면 남북 모두가 이득이다. 북의 질 좋은 노동력과 남의 기술과 자본이 결합하면 국제경쟁력도 배가 된다. 이는 삼척동자도 알 수 있는 상식이다. 하지만 이런 상식이 통용되기에는 아직도 넘어야 할 산이 많은 것일까?

서로의 장점 흡수하는 통일의 삼투압

유무상통은 동서고금의 지혜다. 인류는 유무상통이라는 나눔의 철학으로 생존은 물론 문명의 진보를 이루어왔다. 때로는 권력과 재물을 가진 자들이 폭력과 정복으로 욕망의 화수분을 채우기도 했지만 인류의 역사를 이끌어온 것은 나눔의 정신이었다. 사람 사는 것도 마찬가지다. 풍족한 것을 나누고 모자라면 보태는 것은 모든 인류가 함께 사는 지혜다.

유무상통 정신은 남북 경제협력에서만 통용될 말이 아니다. 통일의 주춧돌을 놓기 위해 유무상통해야 할 것이 어디 경제뿐이겠는가. 문화도, 예술도, 사상도, 남북에게는 모두 유무상통의 대상이다.

2008년 7월에 작고한 재미언론인 문명자 선생(1992년 4월 한국인 기자로는 최초로 북에 들어가 김일성 주석을 단독 인터뷰해 세계적인 관심을 모았고, 2000년 6월 남북정상회담 직후에는 서방 언론인으로는 처음으로 김정일 국방위원장을 단독 인터뷰했다.)은 남북관계를 두고 이렇게 말했다.

"함께 모여 뭔가를 해본 기억이 갈수록 사라지는 남쪽과 혼자서는 뭔가를 해본 경험이 없는 북쪽이 앞으로는 서로를 배울 필요가 있다."

개인주의의 남쪽과 집단주의의 북쪽이 상대를 통해 자신의 부족한 부분을 채울 필요가 있다는 지적이다.

1901년 노벨 화학상을 최초로 수상한 네덜란드의 반트호프는 삼투압의 법칙을 발견한 과학자로 유명하다. 삼투압 현상이란 농도가 다른 두 액체를 반투막으로 막아 놓았을 때, 농도가 낮은 쪽에서 농도가 높은 쪽으로 용매가 옮겨가는 현상을 말한다. 이때 농도가 높은 쪽에서는 삼투압이 작용해 두 용액이 결국 평형을 이루게 된다는 것이다.

남북이 추구해야 할 통일의 과정 역시 이와 같을 것이다. 이질적인 두 체제가 만나 통일을 이루는 것은 서로의 장점을 흡수하는 지난한 삼투압의 과정일 수밖에 없다. 이때 남북의 균형을 잡아줄 원칙은 무엇일까? 유무상통의 자세다. 넘치면 나누고 모자라면 채우는 지혜. 그 지혜가 새삼 다시 그립다.

이야기 스물 셋

동북 4성과 아메리카 52주

최근 중국이 동북진흥계획과 그 핵심사업으로 창지투(창춘, 지린, 투먼) 개방선도구사업을 공격적으로 벌이고 있다. 여기에다 경제적 어려움에 처한 북이 중국과의 경제협력을 확대하면서 남측에서는 '이러다 북이 중국에 흡수되는 것 아니냐'는 우려가 나오고 있다. 이른바 '동북 4성' 논란이다. 중국이 동북 3성에 대한 본격적인 경제개발에 나서는 것부터 예사롭지 않은데다가 북에 대한 대규모 지원, 투자까지 진행하면서 이러한 우려도 점차 확산되고 있다.

동북 4성 논란이 북의 대중(對中) 경제예속화에 대한 우려라면 일견 타당한 측면이 있다. 남북관계가 막히고, 북미관계 개선도 마냥 늦춰지면서 경제문제 해결을 위해 북이 선택할 수 있는 대안은 중국과의 긴밀한 협력이 최우선일 수밖에 없다. 그러니 시간이 흐를

수록 북에 대한 중국의 영향력이 커지는 것은 당연할 수밖에 없다.

그러나 이 때문에 북이 중국의 식민지로 전락할 것이라는 것은 지나친 해석이다. 중국의 동북진흥계획과 북의 대중 경제협력 확대는 두 나라가 처한 현재 상황 속에서 정상적인 협력관계 이상도 이하도 아니기 때문이다.

북이 중국의 식민지로 전락한다?

중국의 동북 3성 개발은 현재 중국 경제를 이끌고 있는 원자바오 총리가 2003년부터 강조한 것이다. 원 총리는 현재 영도소조 조장을 맡아 동북 3성 개발 문제를 총괄하고 있다. 중국의 동북 3성 개발은 미국과 함께 G2로 부상한 중국의 핵심 경제전략이다.

중국은 1978년 12월 중국공산당 제11기 중앙위원회 제3차 전체회의(11기 3중전회의)에서 덩샤오핑의 유명한 '흑묘백묘론'(흑고양이든 백고양이든 쥐만 잘 잡으면 된다, 즉 자본주의든 공산주의든 경제를 살리고 나라를 부유하게 만들면 된다는 의미다.)을 바탕으로 본격적인 개혁개방 노선을 채택했다. 당시 개방의 선도역할을 했던 도시들이 센첸(심천), 주하이(주해), 산토우(산두) 등 홍콩에 인접한 5개 도시였다. 소위 말하는 5점(点)의 개방이었다. 이 점의 개방이 성공하자 중국은 다시 상하이(상해), 톈진(천진), 광저우(광주), 다이렌(대련) 등 14개 도시로 개방을 확대했다. 동부 연안을 남북으로 잇는 선(線)의 개방이었다.

이곳이 개혁개방의 근거지가 된 배경은 명료했다. 외국자본의 투자를 유치하기에 유리했기 때문이다. 개방 초기의 중국경제에는 화교자본들의 대륙진출이 무엇보다도 중요했다. 당시로서는 동남아 일대의 화교자본들 말고는 중국으로 진출할 해외자본을 구하기란 쉽지 않았다. 하기에 이들의 진출이 용이한 동남지역의 연안도시부터 개방을 허용해 우선 발전시키는 전략을 수립한 것이다. 더구나 이곳은 자본주의 경제체제를 운용해온 홍콩과 마카오가 인접한 지역이기도 했다. 해안지방이 우선 발전하면 이 힘을 토대로 내륙지방까지 순차적으로 발전시킨다는 것이 당시 중국공산당의 야심찬 계획이었다. 중국은 지난 30년간 동남지역을 중심으로 개혁개방정책을 성공적으로 수행했다. 그 결과 세계2위의 경제강국으로 도약하기에 이르렀다.

새롭게 부각된 북의 가치

그렇다면 중국의 그 다음 경제전략은 무엇일까? 동남지역의 성장동력이 서서히 고갈되고 있는 상황에서 내륙지방, 그 중에서도 풍부한 지하자원을 갖고 있으며, 동북아의 전략적 요충지라 할 한반도와 잇닿아 있는 동북 3성으로 눈길을 돌리는 것은 상식적인 수

중국의 훈춘시 권하통상구와 북의 함경북도 은덕군 원정리를 잇는 두만강대교(권하교)의 모습. 이 다리는 2010년 6월 1일 정식 개통됐다.

순이다. 서부의 내륙지방은 아직은 개발이 용이하지 않은 지역이다. 이곳은 2000년 3월 전국인민대표대회(전인대)에서 채택한 서부대개발사업이 진행되고는 있지만, 이 사업은 유목지역인 서북부를 농경지역으로 바꾸기 위한 권농사업적 성격이 강하다. 더구나 티베트와 신장은 민족분쟁의 소지가 남아 있는 곳이기도 하다.

동북 3성을 새로운 21세기 경제성장의 근거지로 설정한 중국은 먼저 동북공정을 통해 이 지역을 중국의 역사로 흡수했다. 동북공정은 혹시라도 발생할 지도 모르는 이 지역의 민족분쟁 소지를 없애는 작업이었다. 그 다음으로 중국은 동북 3성에서 바다로 나가는 길을 확보하려 들었다. 바닷길을 확보하지 못한다면 동북 3성은 고립될 수밖에 없다. 기존의 동남지역과 동북 3성을 연결하는 물류망을 확보하기 위해서는 바닷길이 반드시 필요했다.

당연히 중국으로서는 북의 긴밀한 협조가 필요했다. 중국에게 북은, 북이 요구하는 것을 들어주고서라도 협력관계를 공고히 유지해야할 전략적인 파트너가 되었다. 북과 중국은 1992년 한중수교로 기존의 혈맹관계에 심각한 파열구를 냈다. 그 뒤 서로에 대한 불만과 불신은 점차 확대되어 왔다. 특히 1990년대 이후 북의 경제위기가 심각해지면서 중국공산당 내부에서는 대북관계의 수위를 조절하는 양상을 보이기도 했다. 당시 중국에게 북과의 혈맹관계는 중요하지 않았다. 중국은 미국과 일본, 한국과의 관계개선을 더 중요하게 여겼다. 그러던 북중관계가 다시 혈맹의 수준으로 회복된 것은 최근 2~3년의 일이었다. 이는 냉정하게 본다면 북이 중국의 요구대로 변한 것이 아니다. 중국이 북의 가치를 새롭게 인정하면서 변한 것이다.

재주는 곰이 부리고 돈은 왕서방이 번다

중국은 북과의 관계회복을 바탕으로 2010년 북의 라선항 사용권을 획득했다. 2011년에는 훈춘-라선 고속도로 착공을 시작으로 훈춘-라선을 하나로 묶는 야심찬 계획을 실행에 옮기고 있다. 러시아와 북에 막혔던 동해로의 길이 열리면서 중국은 마침내 상하이-라선-훈춘을 잇는 물류망을 확보할 수 있게 된 것이다.

동북 4성 논란을 보면서 나는 1980~90년대 남측 운동권에서 논란이 되었던 '아메리카 52주'를 떠올렸다. 당시만 해도 정치, 경제, 사회, 문화 등 모든 부분에서 미국의 영향력 아래 있던 남측의 현실을 두고 '미국의 식민지' '아메리카 52주'라는 비판이 적지 않았다. 지금도 "미국경제가 기침을 하면 한국경제는 독감에 걸린다"는 말이 통용되고 있다. 미국의 영향력에서 쉽게 벗어나지 못하는 남측의 현실을 빗댄 것이다. 하지만 이제는 '아메리카 52주'라고 비판하는 목소리가 가라앉았다. 미국의 영향력이 여전히 절대적인 것은 사실이지만 한국 역시 세계 12위권의 경제대국이기 때문이다.

동북 4성 논란을 놓고 오히려 우리가 더 염려해야 하는 것이 있다. 북중관계가 긴밀해지면 해질수록 남북관계는 멀어지는, 북중관계와 남북관계의 함수다. 2008년 만난 북측 관계자는 내게 이런 말을 들려주었다.

"우리는 중국을 그다지 신뢰하지 않습니다. 왜 이런 말도 있지 않습니까? 재주는 곰이 부리고 돈은 왕서방이 번다는…. 북남관계가 그런 결과를 만들어서는 안 되지 않습니까?"

동북 4성을 염려하는 사람들이라면 우선 새겨봐야 할 말이다.

● 이야기 스물 넷

한미동맹과 우리민족끼리

한국에서 한미동맹은 지난 60년간 금과옥조처럼 여겨져 왔다. 두 가지 이유에서다. 첫째는 북과 군사적으로 대치하는 상황에서 안보를 위해 한미동맹이 반드시 필요하다는 것이고, 둘째는 경제적인 측면에서 세계 제일의 경제대국인 미국과의 동맹관계가 한국경제의 성장에 필수적이라는 것이다. 하지만 한미동맹에 대한 남측 사람들의 솔직한 내면을 들여다보면 복잡하다.

2002년 미군 장갑차에 깔려 죽은 미선이 · 효순이 두 여중생 사건 때의 경험이다. 당시 나는 《민족21》 취재기자로 동두천 일대에서 벌어진 시위현장을 쫓아다녔다. 한날은 대학생, 시민단체 회원들이 "주한미군 물러가라"는 구호를 외치며 동두천 시내에서 거리행진을 벌이고 있었다.

그때 지켜보던 시민들 중 한 사람이 근심 어린 표정으로 혼잣말 하듯 중얼거리는 걸 듣게 되었다. "미군이 나가면 우린 뭘 먹고살라고…."

동두천 시민의 하소연

그 말이 내 가슴에 박혀 왔다. 50대의 그 아저씨에게 다가가 말을 건넸다. 그는 한숨을 내쉬며 이야기했다.

"미군놈들 행패야 여기서 태어나 이 나이 먹도록 지겹게 보았지요. 하지만 어쩝니까? 그래도 동두천은 미군들 덕택에 먹고사는데…."

2002년 두 여중생을 추모하는 촛불의 거대한 물결은 그해 12월 대선에서 "미국에게도 할 말을 하는 대통령이 되겠다"고 약속한 노무현 후보가 대통령이 되는 데 일등공신이 되었다. 그러나 '미국은 절대선' 이라는 숭미사상은 많이 극복되었지만 여전히 우리 국민들 속에는 '반미는 안 된다' 는 생각이 다수를 이룬다.

미국으로부터 정치 · 경제적으로 영향을 받을 수밖에 없는 우리 처지를 볼 때 반미는 안 된다는 생각은 마치 "미군놈들 행패를 보면 분노가 치밀어 오르지만 먹고살려면 참아야 하지 않냐"는 동두천 시민의 하소연과도 같은 것일 게다.

2002년 두 여중생 추모 촛불시위와 2008년 미국산 쇠고기 수입반대 촛불시위는 한미동맹에 대한 많은 고민을 우리 사회에 던져 주었다.

2008년 미국산 쇠고기 수입을 반대하는 촛불시위 때도 마찬가지였다. 미국의 개방 요구에 무기력하게 끌려 다니는 정부를 보면서 국민들은 분노의 촛불을 들며 저항했다. 하지만 현실론도 강했다. 노무현 정부 때 이라크 파병 문제를 둘러싸고 벌어진 논란 역시 마찬가지였다. 무엇 때문에 정의롭지 못한 전쟁에 우리의 젊은 군인들이 총알받이처럼 참전해야 하는지 비판의 목소리도 높았지만 '한미동맹'을 강조하는 현실론도 적지 않았다.

한미동맹은 이명박 정부 들어 더욱 강조되고 있다. 북핵문제 해결을 위해서는 한미동맹이 중요하고, 경제를 살리자면 한미FTA 체결이 시급하다고 한다. 한술 더 떠 영어몰입교육을 주장하고, 미국식 가치와 제도가 우리의 미래임을 공공연하게 주장하고 있다. 이를 조금이라도 비판할라치면 미국에서 박사학위를 받고 돌아온 전문가와 관료들이 눈을 부라리며 이렇게 목청을 높인다. "미국 없이 살 수 있어?"

"미국 없이 살 수 있어?"

2002년 촛불시위는 어린 여중생들을 탱크로 무참히 짓밟아 죽이고도 무죄선고를 받고 시시닥거리는 미군 병사의 모습에 분노한 민심이었다. 2008년 촛불시위는 한미동맹을 위해서라면 국민의 건강마저도 통째로 내줄 수 있다는 이명박 정부의 오만함에 분노한 민심이었다. 그러나 한편으로 민심은 갈등하고 있다. 미국이라는 세계 최강의 나라, '팍스 아메리카나'의 힘을 두려워하기 때문이다.

하지만 오늘의 팍스 아메리카나 구도는 뿌리에서부터 흔들리고 있다. 화평굴기(和平堀起, 2003년 중국의 후진타오 주석이 제시한 중국의 외교노선으로 평화적인 방법으로 세계에 우뚝 서겠다는 의미를 담고 있다.)를 내세운 중국의 부상, 시베리아의 자원을 앞세운 러시아의 재도약, 미국 주도의 세계질서에서 벗어나려는 유럽연합의 움직임으로 미국의 위상은 곳곳에서 흔들리고 있다. 이라크전에서 보듯 국제사회에서 왕따 취급을 받고 있는 나라는 오히려 미국이다. 또 2008년 서브프라임 모기지 사태에서 보듯 휘청거리는 경제 속에 미국은 지금 세계 최대 채무국가로 전락하고 있다.

팍스 아메리카나 시대가 저물고 포스트 아메리카 시대가 시나브로 시작되는 이때, 그런데도 우리는 한미동맹을 금과옥조처럼 여기고 있다. 한미동맹 없이는 하루도 살 수 없다고 착각한다.

이는 한미동맹이라는 60년 불평등 구조를 극복할 대안이 충분하지 못한 결과이기도 하다. 지난 10년 동안 우리는 남북관계 개선과 평화번영, 동아시아의 새로운 협력구도를 이야기했다. 그것이 새로운 미래를 만들어줄 것이라고 강조했다. 하지만 '미래의 가치'가

'눈앞의 이익' 을 극복하기에는 아직도 부족한 것이 많다.

한미동맹에 대해 북은 동족을 적으로 돌리며 분단을 기정사실화하는 반민족적 행위라고 비판의 날을 세운다. 그러면서 남과 북이 통일하자면 한미동맹이 아니라 '우리 민족끼리' 라는 민족공조가 필요하다고 강조한다.

동맹 확대, 공조 강화의 두 가지 전략

"통일하자면 남측에 주둔한 미군부터 철수해야 하는 것 아닙니까? 매년 반복되는 한미합동군사훈련부터 중단해야 하는 것 아닙니까? 왜 남측은 우리 민족의 통일문제를 우리 민족끼리 풀지 않고 자꾸만 외세에 의존하려 합니까?"

북측 사람들을 만나면 흔히 듣게 되는 말이다. 하지만 한미동맹과 '우리 민족끼리', 이 두 가지 속에는 여전히 남북을 가로막고 있는 휴전선만큼 거대한 장벽이 놓여 있다. 남측 사람들은 '우리 민족끼리' 라는 말을 들으면 외부와 고립된 채 자력갱생을 외치는 북의 현실을 떠올린다. 세계화 시대에 뒤떨어진 낡은 이념으로 여긴다. 마치 100여 년 전, 척양과 쇄국을 외치다 외세의 각축장으로 전락해버린 조선의 초라한 신세를 먼저 떠올리는 것이다.

그렇다면 한미동맹과 '우리 민족끼리' 는 도저히 만날 수 없는 평행선인가. 미국 중심의 해양세력과 중국이 중심이 된 대륙세력의 힘이 교차하는 한반도는 21세기에도 세계 패권의 각축장이 될 가능성이 높다. 패권의 길목에 선 한반도에서 우리 민족은 두 세력의 균형자 역할을 해야 한다. 이는 동아시아와 나아가 세계의 평화와 안정을 위해서도 필수적이다. 균형자 역할을 제대로 하자면 우선은 민족 내부의 역량을 하나로 모아야 한다. 또한 주변 국가들과의 대등한 동맹관계 역시 필수적이다. 한미동맹만큼 한중, 한러동맹도 필요하다.

이처럼 통일의 미래를 위해서는 대외적으로는 동맹을 확대하고, 내부적으로는 공조를 강화하는 전략이 필요하다. 동맹 확대와 공조 강화의 두 가지 길은 한미동맹과 '우리 민족끼리'를 하나로 잇는 효과적인 방안이다.

2000년 남북정상회담에서는 주한미군 문제도 토론이 되었다. 당시 김정일 국방위원장은 "동아시아의 균형자 역할을 위해서는 통일 후에도 일정 기간 한반도에 주둔하는 것이 필요하다"는 김대중 대통령의 의견에 공감했다고 한다.

마찬가지다. 남측 역시 한반도의 평화를 위해 중국과 러시아와 전략적인 동맹관계로 나아갈 필요가 있다. 지금은 이와 같은 열린 지혜가 필요한 시점이다.

이야기 스물 다섯

동세서점(東勢西漸)의 미래

東洋大勢思杳玄 有志男兒豈安眠

和局未成猶慷慨 政略不改眞可憐

"동양의 대세를 생각하니 아득하고 어둡구나. 뜻 있는 사나이가 어찌 편히 잠을 자랴. 평화로운 시국을 못 이룬 게 이리도 슬프구나. 침략전쟁을 고치지 않으니 참으로 가엽도다."

안중근 의사의 유묵(遺墨)에 실린 글귀다. 조선과 청나라 · 일본, 동양 3국의 평화를 통해 서세동점(西勢東漸, 서양의 세력이 동양으로 점점 밀려온다는 뜻으로 서양이 동양을 지배함을 나타낸다.)의 난국을 극복하길 소망했던 의사의 소신이 잘 드러나는 내용이다.

지난 2009~2010년 안중근 의사의 의거 100주년과 순국 100주년을 맞아 의사에 대한 재조명이 활발했다. 지금 청소년들 중에는

'안창호'와 '안중근'을 구별하지 못하는 아이들이 태반이라고 한다. 또 뉴라이트 등 보수 일각에서는 '테러리스트 안중근'을 주장하기도 했다. 이런 현실에서 안 의사에 대한 재조명은 때늦은 감도 없지 않다.

안중근 의사의 선견지명

사형을 선고받은 의사는 마지막 과업으로 《동양평화론》 집필에 몰두했다. 애국지사들의 영혼이 깃든 여순 감옥에서 의사는 자신의 행동이 한 개인에 대한 응징이나 복수의 차원이 아님을 표명했다. '탈아'(脫亞)를 구실로 대륙침략을 정당화하던 일본제국주의에 맞서 동양의 평화를 이루기 위한 의로운 행동임을 설파했다.

동양평화에 대한 의사의 사상도 더욱 구체화됐다. 의사는 조선과 청, 일본 세 나라 공동의 동양평화회의 구성과 공동의 개발은행 설립, 공동화폐 발행을 제안하기도 했다. 최근 들어 주목받고 있는 동아시아 다자간 안보 · 경제체제 구상을 이미 100년 전에 거론했다는 점에서 그 선견지명(先見之明)이 놀라울 따름이다.

하지만 의사는 《동양평화론》을 서문과 첫 장까지 정리해둔 상황에서 형장의 이슬로 생을 마쳐야만 했다. 동양평화 나아가 세계평화에 대한 그의 지론 역시 꽃을 피우지 못했다. 의사의 서거 5개월

21세기 한반도는 미 · 중의 패권경쟁에 또다시 희생양이 될 수는 없다. 사진은 2009년 키리졸브 훈련에 참가한 존 스테니스호 갑판에 도열된 F/A18 호넷기들과 각종 항공기들.

뒤 우리 민족은 일제에 병탄돼 식민의 나락으로 떨어졌다. '입구'(入歐)한 일제의 기세 앞에 동아시아는 36년간 침략과 전쟁의 소용돌이에 빠져들어야만 했다.

안중근. 오늘 한국의 정치가들은 이 비운의 독립운동가를 존경하는 인물로 첫손에 꼽곤 한다. 하지만 그가 보여준 평화와 공생의 철학을 제대로 이해하는 정치가가 얼마나 있을까? 100년 전 친일파들은 선진화된 일본의 힘을 빌려 근대화를 이루자는 논리로 친일을 정당화했다. 그 역사가 다시 굳건한 한미동맹만이 살길이라며 분단을 기정사실화 하고 있는 게 오늘의 현실이다.

동아시아를 둘러싼 새로운 각축

하지만 역사는 과거의 반복에만 머무르지 않는다. 격동의 21세기 동아시아의 정세를 보면 더욱 그렇다.

중화(中華)의 자부심은 사라지고 서양 열강들의 먹잇감으로 전락했던 100년 전 중국은 도광양회(韜光養晦, 칼날의 빛을 칼집에 감추고 어둠 속에서 힘을 기른다는 뜻으로 1980년대 중국의 대외정책을 일컫는 용어. 덩샤오핑은 중국의 국력이 성장할 때까지 침묵을 지키며 강대국과 협력하는 정책을 시행했다.)의 시기를 거쳐 화평굴기(和平堀起)로 21세기를 주도하고 있다. 중국공산당이 이끄는 오늘의 중국은 어느덧 미국의 패권에 맞설 유일한 나라이자, 포스트 아메리카의 유일한 대안으로 부상했다.

100년 전 탈아입구(脫亞入歐, 아시아에서 벗어나 서구사회를 지향한다는 뜻으로 일본 개화기의 사상가 후쿠자와 유키치가 1885년 3월 16일자 《시사신보》에 〈탈아론〉이라는 기사를 기고하면서 널리 알려졌다.)를 내세워 아시아를 침략했던 일본은 반세기도 못돼 패전국의 멍에를 써야만 했다. 하지만 일본은 1951년 샌프란시스코강화조약 체결 후 미국의 동맹국으로 화려하게 재기했다. 그 뒤 미국의 대소련, 대중국 압박정책의 한 축을 담당하며 세계 제2의 경제강국으로 도약했다. 하지만 미일동맹을 바탕으로 호가호위(狐假虎威)하던 일본의 위세도 과거일 뿐이다. 이제 미국과 중국의 틈바구니에서 새로운 길을 찾고자 하는 일본은 전후 최초의 정권교체를 통해 미래의 변화를 모색 중이다.

러시아는 어떤가. 19세기 말 영국과 함께 유럽의 패권을 다투었던 러시아는 1904년 러일전쟁에서 치욕적인 패배를 당한 뒤 동아시아 무대에서 사라졌다. 하지만 소비에트 혁명 이후 세계사의 또 다른 주역으로 부활한 뒤, 연합군으로 2차 대전에 참전해 승전국이 됐다. 이를 통해 한반도의 북부에 진주하면서 반세기 만에 동아시아의 일원으로 복귀했다. 소비에트 연방의 해체로 한때 '핵무기를 가진 이류국가' 취급을 받기도 했지만 '강한 러시아'를 내건 푸틴의 등장 이후 러시아는 세계 패권의 한 축으로 부상하고 있다.

통일 서둘러야 하는 또 하나의 이유

100년 전과 같이 세계의 열강들이 다시 동아시아에서 각축을 벌이고 있는 지금, 우리 민족은 어떤 길을 모색해야 할 것인가? 100년 전 조정대신들은 세계의 흐름에는 청맹과니였다. 자신들의 권력욕에 따라 친청과 친일, 친러로 사분오열됐다. 민중들은 보국안민의 기치를 내세우며 외세에 저항했지만 망국을 막기에는 역부족이었다. 이처럼 시대를 보는 안목도, 시대의 변화에 조응할 정책도, 시대의 흐름을 주도할 역량도 없이 오늘의 변화에 맞선다면 한반도는 다시 세계 패권의 각축장으로 전락하게 될 것이다.

우리 민족이 새로운 미래를 준비하려면 우선 시대를 보는 안목이 있어야 한다. 오늘의 동아시아는 100년 전과 같은 서세동점의 상황이 아니다. 오히려 동세서점(東勢西漸)의 시기로 넘어가고 있다. 세계 석학들은 장차 중국을 중심으로 동아시아가 세계의 정치, 경제, 문화를 좌우할 것이라고 분석한다. 서양 열강의 침략에 일방적으로 당했던 과거의 동아시아가 아님을 보여주는 것이다.

다음으로 시대 상황에 맞는 정책을 가져야 한다. 중국이 굴기하고 있다고는 하지만 중국은 아직까지 패권을 독점할 만한 힘을 갖고 있지 못하다. 중국의 패권이 동아시아를 집어삼킬 만큼 커지기 전에 특정한 나라가 지역 전체를 좌우할 수 없도록 다자간 협력체제를 만드는 것이 필요하다. 그래야만 21세기의 동아시아는 20세기와는 다른 공존의 패러다임을 구축할 수 있을 것이다.

마지막으로 시대를 주도할 역량이 필요하다. 우리 민족이 그런 역량을 갖는다는 것은 당연히 통일을 전제할 때만이 가능하다. 통일된 한반도만이 지역 내에서 특정국가의 패권을 저지하고, 각 나라의 이해관계를 조율하는 균형자 역할을 할 수 있다.

서세동점의 과거는 결국 침략과 전쟁으로 종결됐다. 동세서점의 미래가 그와 같은 과거를 반복할 수는 없지 않은가. 안중근 의사가 꿈꾸었듯이 새로운 세계는 평화와 공존의 세계가 되어야 한다. 평화로운 세계의 중심이 될 21세기의 동아시아. 우리가 통일을 서둘러야 하는 중요한 이유가 여기에도 있다.

● 이야기 스물 여섯

통일은 과정이다

통일문제에 대해 여론조사를 해보면 긍정적인 의견보다는 부정적인 의견이 더 많다. 막연한 감정으로는 '우리의 소원은 통일' 이라고 말하지만 구체적인 현실의 문제로 접근하면 달라진다. '굳이 통일할 필요가 있냐?' '통일하면 뭐가 좋아지냐?' 하는 역질문도 적지 않게 나온다.

그렇다면 남측 사람들이 통일에 부정적이거나 소극적인 이유는 뭘까? 못 사는 북과 통일하면 우리만 손해라는 경제적인 이유도 있다. 자유와 인권을 탄압하는 북하고 굳이 통일할 필요가 있냐는 이념적인 이유도 있다. 그런데 이러한 인식의 밑바탕에는 통일하면 왠지 혼란스럽고 불편할 것이라는 현실적인 이유가 깔려 있다.

우리가 현실로 이해하고, 또 접해 봤던 통일의 방법은 단번에 통일하는 것이다. 독일의 통일처럼 자본주의 체제인 서독이 붕괴한 동독 사회주의 체제를 흡수하거나, 베트남의 통일처럼 사회주의 북베트남이 자본주의 남베트남을 무력으로 통합하는 통일이 대표적이다. 단번에 체제통합을 이룬 두 나라는 모두 오랜 기간 통일 후유증에 시달렸다.

독일과 베트남 통일의 교훈

독일의 경우 통일된 지 20여 년이 지났어도 동서독 간의 경제적 격차가 남아 있다. 통일당한 동독은 이등 국민 취급 속에 서독에 대한 불만과 불신의 감정이 앙금처럼 남아 사라지지 않고 있다. 베트남의 경우도 마찬가지다. 외세의 지배 아래 고초를 겪은 베트남은 오랜 내전을 딛고 결국 무력으로 통일을 이루었지만 전쟁의 후유증은 베트남인들 모두에게 상처로 남았다.

만약 우리 민족의 통일이 독일과 베트남의 전철을 밟는다면 이는 엄청난 비극이다. 이런 통일은 선이 될 수 없다. 이럴 바에야 분단된 민족으로 남는 것이 더 낫다.

북쪽 체제가 붕괴해 남쪽이 흡수통일 하게 된다면 남쪽에도 심각한 타격이다. 남쪽 경제가 북쪽 인민의 생존을 책임질 수 있을지도 의문이거니와 흡수통일에 반발하는 북측 인민들의 저항은 물론

통일은 하나의 사건으로 결정되는 것이 아니라 오랜 과정을 통해 만들어나가는 것이다. 사진은 2005년 6월 평양에서 열린 6 · 15 5주년 기념 민족통일대축전 광경.

중국의 반발 또한 불을 보듯 뻔하다. 베트남과 같이 북이 적화통일하는 것 역시 마찬가지다. 이에 반대하는 남측 국민의 저항과 미국의 반발은 자칫 내전으로 이어질 공산이 크다. 현실이 이럴진대 상식을 가진 이라면 누가 이처럼 불행한 통일을 원하겠는가.

흡수냐 적화냐 하는 단번의 결과로 통일을 생각한다면 통일은 불필요할뿐더러 불가능한 일이 된다. 내전의 혼란과 외세 개입의 불행을 생각한다면 차라리 통일하지 말자는 게 옳다. 전쟁의 참화를 경험한 우리에게 또다시 그런 불행이 반복된다는 것은 죄악과도 같은 일이다.

그러면 통일은 불가능한 것인가? 남북이 적당히 교류하고 협력만 하면 되는 것이지 굳이 복잡하고 혼란스럽게 통일할 필요가 있는가? 남도 북도 모두가 행복한 통일의 길은 없는가? 체제가 달라도, 이념이 달라도, 삶의 방식이 달라도, 정서와 문화가 달라도, 그 차이를 뛰어넘어 통일할 수 있는 방법은 진정 없을까?

수십 년이 필요할 완전 통일

다행스럽게도 우리 앞에는 그러한 통일의 길이 제시되어 있다. 2000년 6월 남북의 정상이 만나 역사적인 6·15선언에 합의했을 때, 남북은 남측의 연합제 방식과 북측의 낮은 단계 연방제 방식의 통일방안에 공통성이 있음을 인정하고 이런 방향에서 통일을 모색하기로 했다. 특히 당시 정상회담 때 김정일 국방위원장은 김대중 대통령에게 이런 말을 했다고 한다.

"대통령께서는 완전 통일은 10년 내지 20년은 걸릴 거라고 하신 것으로 알고 있습니다. 그런데 나는 완전 통일까지는 앞으로 40, 50년이 걸릴 것으로 생각합니다."

시기는 달라도 두 사람 모두 완전한 통일로 가자면 수십 년의 시간이 필요하다고 생각한 것이다. 즉, 남북의 통일은 하나의 사건으로 어느 순간 결정되는 것이 아니라 오랜 과정으로 만들어가는 것이라는 게 두 정상의 판단이었다.

이처럼 우리 민족의 통일은 오랜 기간의 교류협력을 통해 만들어나가는, 과정으로서의 통일이다. 마치 수직선의 0과 1 사이에 무수히 많은 점들이 있듯이 0이라는 분단의 시점에서 1이라는 완전 통일의 시점을 향해 무수히 많은 점을 찍어나가는 과정이 바로 통일인 것이다.

과정으로서 통일을 생각한다면 우리는 이미 통일로 접어든 것이나 다름없다. 남북의 정상이 통일의 원칙을 천명한 6·15선언은 통일의 나침반이자 첫걸음이었다. 2007년 2차 남북정상회담 때 노무현 대통령과 김정일 국방위원장이 합의한 10·4선언은 앞으로 남북이 풀어나가야 할 과제를 제시한 통일의 방향이었다. 두 선언이야말로 불행한 통일이 아닌 행복한 통일의 철학을 담았던 것이다.

통일의 무수한 점을 찍자

서로 다른 체제가 하나로 통합되는 완전 통일은 먼 훗날의 일이다. 우리 손자 세대에서나 가능한 일인지도 모른다. 그렇다면 과연 우리 후손들은 완전 통일의 단계에서 어떤 체제를 선택하게 될까? 남의 자본주의일까? 북의 사회주의일까?

미래의 운명을 쉽게 점 칠 수는 없다. 하지만 적어도 신자유주의가 전면화 된 오늘의 남쪽이든, 선군정치를 전면에 내세운 오늘의 북쪽이든, 모두 대안이 아닐 것이다. 과연 그때까지 신자유주의와 선군정치가 그대로 남아 있을지도 의문이다. 그런데도 몇 십 년 뒤 존재할지 말지도 모를 현재의 체제를 절대화해 옳고 그름을 따진다는 게 무슨 의미가 있을까? 두 체제의 장점을 결합해 새로운 제3의 길을 만드는 것이 더 의미 있는 일이 될 것이다.

지금 우리가 할 일은 통일로 가는 수직선 위에 무수한 통일의 점을 찍어가는 것이다. 다방면의 교류를 실현하고, 각 분야의 협력을 실천해야 한다. 남북의 이질적인 요소를 절대화하기보다는 서로의 공통성을 찾아 이를 확대해나가야 한다. 통일은 이러한 과정을 통해 만들어지는 것이다.

1994년 1월에 돌아가신 문익환 목사님은 생전에 젊은 청년들에게 "통일은 됐어!"라고 강조하시곤 했다. 하지만 그 당시 사람들은 목사님이 쓴 시 〈잠꼬대 아닌 잠꼬대〉처럼 이를 '잠꼬대'로만 여겼다. 그러나 지금 생각해보면 남북이 서로를 향하던 불신과 적대감을 내려놓고, 서로를 인정하는 그 순간부터 이미 통일은 시작된 것이었다. 그 선견지명에 절로 머리가 숙여진다.

이야기 스물 일곱

연합과 연방의 길

통일을 단번의 결과로만 생각한다면 체제 문제가 가장 큰 걸림돌이 될 수밖에 없다. 흡수든 적화든 결국 현재의 상대방 체제가 붕괴되는 것이 전제이기 때문이다. 이 때문에 우리는 통일을 대단히 복잡하고 어려운 문제로 여겨왔다.

하지만 통일을 기나긴 과정으로 접근하다면 달라진다. 체제의 차이를 극복하고 통일을 단계별로 추진할 수 있기 때문이다. 2000년 6월 남북의 지도자가 합의한 6·15선언 2항의 의의도 바로 여기에 있다.

2000년 1차 정상회담 당시 김대중 대통령과 김정일 국방위원장이 가장 치열하게 논쟁했던 주제는 통일방안이었다고 한다. 당시 연방제라는 표현을 고집했던 김정일 국방위원장에게 김대중 대통령은 오랜 시간동안 남북연합 방안을 설명했다. 두 정상은 마침내 남측의 연합제와 북측이 주장하는 낮은 단계 연방제가 공통점이 있으며 이 방향에서 앞으로 논의를 계속해 나간다는 데 합의했다.

체제의 차이 극복하는 단계별 통일방안

엄밀한 의미에서 보지면 연방제와 연합제는 개념이 다른 것이다. 이는 특히 국가의 핵심주권이라 할 군사권과 외교권을 어디에 두느냐에 따라 그 형태가 확연히 갈린다.

연방제는 연방정부, 즉 중앙정부가 군사권과 외교권을 행사하고, 지역정부는 내정에 관한 권한만 행사하게 된다. 2체제 1국가의 형태인 것이다. 이와 달리 연합제는 군사권과 외교권을 가진 각각의 주권국가들이 협력하는 형태이다. 유럽연합이나 소비에트 연방의 해체 이후 성립된 독립국가연합(CIS)이 대표적이다. 즉, 2체제 2국가의 형태인 것이다.

결국 남쪽의 연합제는 남북이 서로 다른 두 국가로 존재하면서 다방면의 교류협력을 제도적 장치로 만들어두는 것을 의미하는 것이다.

이에 대해 김정일 국방위원장은 북이 주장하는 연방제가 완전한 연방이 아니라고 설명했다. 군사권과 외교권을 남과 북 두 정부가 각각 보유하면서 점진적으로 통일을 추진하는 '낮은 단계' 연방제라는 것이다. 단어의 차이는 있지만 개념상으로는 남북의 통일방안이 유사한 형태인 것이다.

연합제와 연방제는 이렇게도 이해할 수 있다.

두 형제가 이웃하는 두 집에 나란히 살고 있었다. 두 집에는 각각 형제의 이름을 내건 문패가 걸려 있었다. 형제 중 한 명은 아이들을 자유분방하게 키웠고, 다른 한 명은 엄격한 가풍 속에서 키웠다. 이런 성격과 집안 분위기의 차이로 두 형제는 처음엔 서로를 이해하지 못했다. 또 상대편의 아이들로부터 좋지 않은 물이 들까 봐 아이들이 오가는 것도 꺼렸다.

하지만 두 형제의 자식들은 아랑곳하지 않고 서로 옆집을 오갔다. 공부도 같이 하고 밥도 같이 먹는 사이로 발전했다. 결국 두 형제는 아이들이 대문으로 왔다 갔다 하는 게 불편하기도 해서 두 집 사이에 있는 담벼락의 한 곳을 터 자유롭게 오갈 수 있게 길을 하나 냈다. 그러다 아예 담벼락을 모두 허물고 마당을 하나로 합쳐 아이들의 놀이터를 만들기로 했다. 그렇게 살다가 두 형제는 결국 대문도 하나로 통합해 두 형제의 이름을 각각 새긴 문패를 내걸게 되었다.

이 경우 마을 사람들은 형제의 집을 예전처럼 두 집으로 볼까? 아니면 한 집으로 보게 될까?

올림픽 개폐막식 공동입장의 지혜

남북의 화해협력이 진척되면서부터 남북은 올림픽에서 공동입장을 했다. 개폐막식 때 남북은 각각의 국기가 아닌 한반도기를 내세우고, 아리랑을 국가로 삼아 함께 입장했다. 하지만 각각의 경기에서는 남북이 따로 대한민국과 조선민주주의인민공화국의 이름으로 출전했다.

개폐막식 입장에서는 남북이 연방제였지만, 경기 때는 연합제였던 것이다. 이처럼 공동입장은 비록 경기에서는 두 나라이지만 하나의 통일국가를 지향하고 있다는 사실을 전 세계에 공표했다는 점에서 참으로 의미가 큰 이벤트였다.

연합제에서 연방제로 넘어가는 과정은 대단한 협상력과 정치력을 필요로 한다. 올림픽의 단일팀 구성만 해도 남북이 개별 스포츠 종목의 이해관계를 조율하고, 각각의 구성원들로부터 동의를 얻어내는 복잡한 일이다. 현재로서는 쉽지 않은 문제다. 하지만 각각의 스포츠 종목에서 다방면의 교류협력을 진행하고, 선수와 지도자들이 함께 땀 흘리며 선의의 경쟁을 펼친다면 언젠가는 가능한 일이 될 것이다.

통일의 문제 역시 마찬가지다. 연합제와 낮은 단계 연방제라는 과정을 거쳐 점진적으로 문제를 풀어나간다면 머지않아 하나의 통일국가를 수립하는 것도 충분히 가능하다. 물론 이를 위해서는 굉

체제의 차이를 인정하고 그 바탕 위에서 통일을 단계적으로 추진하기로 합의한 6·15선언은 그 의미가 대단히 크다. 사진은 2005년 8월 서울에서 열린 통일축구대회 광경.

장히 오랜 시간과 인내력이 필요하다. 그럼에도 이 길은 가장 평화적으로, 남북이 상생하고 번영하는 방식으로 통일을 만들어가는 과정이 될 것이다.

김대중 대통령과 김정일 국방위원장이 합의한 6·15선언 2항의 통일방안에 대해 남쪽의 보수세력들은 북의 통일전선전술에 놀아났다, 적화통일의 길을 열어준 '항복선언'이다, 하면서 비판의 목소리를 높였다. 현재 이명박 정부가 6·15선언을 인정하지 않는 바탕에는 이러한 인식이 강하게 깔려 있다.

하지만 정반대의 논리도 가능하다. 북의 입장에서는 남쪽이 주장하는 2체제 2국가 방식의 연합제가 2국가를 용인하고 있다는 점에서 분단을 기정사실로 하고, 나아가 남쪽의 흡수통일 전략에 이용당할 수 있는 위험천만한 주장이라 볼 수도 있다. 북에서는 2000년의 남북정상회담 이전까지만 해도 남측의 연합제를 그런 식으로 비판해왔다.

체제 인정은 결코 '항복선언'이 아니다

그럼에도 남북의 두 정상이 내부의 반발과 비판을 감수하고 통일방안의 원칙과 방향에 합의했다. 그것이 유일한 평화통일의 방법이기 때문이다.

도대체 연합제와 연방제라는, 서로의 체제를 인정하고 그 바탕 위에서 통일을 추구하는 것 외에 어떤 방식이 존재할 수 있을까? 결국 남는 것은 흡수냐, 적화냐 하는 먹고 먹히는 통일뿐이다. 과연 이것이 우리가 바라는 통일일까?

그런데도 6·15선언에 대해 '항복선언'을 주장한다면 이는 북의 체제붕괴를 통한 흡수통일만을 유일한 통일방안이라고 주장하는 것에 다름 아니다. 이것은 통일이 아니다. 차라리 정복이다. 이에 따른 민족적 불행을 누가 감당할 것인가.

돌아가신 김대중 대통령은 6·15선언으로 통일의 새로운 이정표를 남겼다. 이제 남은 것은 6·15선언의 정신대로 체제의 차이, 이념의 차이를 뛰어넘어 평화공존의 방식으로 통일을 실천하는 일이다. 우리 민족의 통일은 분단과 냉전이 낳은 유물인 체제와 이념이라는 낡은 옷을 화해와 상생이라는 새로운 옷으로 갈아입을 때 비로소 가능해진다. 이것이야말로 통일의 내일을 준비하는 우리의 올바른 자세다.

● 이야기 스물 여덟

대결의 선, 화해의 면

2002년 7월, 나는 2박3일 동안 연평도를 돌아다녔다. 불과 열흘 전 연평도 앞바다에서 남북의 함정이 총격전을 치렀고, 남북의 젊은 군인들이 상대의 총격에 스러졌다. 연평도의 망향전망대에서 내려다본 북쪽 바다 건너편에는 황해도 옹진 땅이 손에 잡힐 듯 펼쳐졌다. 그 중간 어딘가에 북방한계선(NLL)이 있다고 했다.

푸른 바다 위에 가로놓인 대결의 선. 하지만 눈에 보이지 않는, 흔적조차 찾을 길 없는 그 선을 지키기 위해 1999년 6월에 이어, 2002년 6월 또다시 서로 죽고 죽임을 당한 것이다.

선(線)은 1차원이다. 선은 0차원인 점(点)이 모여 이루어진다. 철학적으로 볼 때 1차원의 선은 자아를 상징한다. 존재의 시초인 점을 넘어 우리는 선을 통해 비로소 '나' 라는 기준을 갖게 되는 것이다. 하지만 선 안에 갇힐 때, 우리는 자기중심이라는 독선에 빠져들 수밖에 없다. 그러한 독선에서 벗어나자면 우리는 새로운 2차원의 세계를 만나야만 한다. 그 2차원의 세계가 바로 면(面)이다.

전쟁 방지할 새로운 패러다임

선과 선이 교직하며 만드는 2차원은 나와 타인이 소통하는 영역이다. 그 속에서 대립의 선은 융화의 면으로 질적 전환된다. 배제의 선은 면을 통해 화합의 세계로 나아갈 수 있다. 무수한 1차원의 자아가 타인을 만나 '관계'라는 사회성을 얻게 되는 곳이 바로 2차원의 면인 것이다.

마치 초등학교 시절 책상에 선을 하나 쫙 긋고 옆의 여자 짝꿍에게 '넘어오면 죽는다'는 식으로 선을 고수하려 들면 대결은 반복될 수밖에 없다. 선이 아닌 면을 생각하는 새로운 패러다임, 8년 전 나는 연평도 앞바다를 바라보면서 선과 면의 철학을 곱씹고 있었다.

그로부터 5년 뒤 우리는 전쟁의 바다를 평화의 바다로 바꾸는 새로운 패러다임을 만들었다. 대립과 배제의 선이 아닌 융화와 화합의 면을 생각했다. NLL이라는 대결의 선으로 가로막힌 바다를 '서해평화협력특별지대'라는 새로운 면으로 전환시켜 낸 것이다.

2007년 10월 남북의 정상이 만나 합의한 10·4선언 5항의 내용

중에는 "남과 북은 해주지역과 주변해역을 포괄하는 서해평화협력 특별지대를 설치하고 공동어로구역과 평화수역 설정, 경제특구 건설과 해주항 활용, 민간선박의 해주직항로 통과, 한강하구 공동이용 등을 적극 추진해 나가기로 하였다"는 부분이 포함돼 있다.

선을 뛰어넘어 면의 철학으로 접근한 이 합의는 남북관계의 새로운 패러다임을 상징하는 것이었다. 비로소 남북이 분단의 선, 대결의 선이 아닌 평화의 면, 통일의 면을 서해5도 앞바다라는 작은 곳에서부터 시작하게 된 것이다.

죽음으로 평화를 지킨다는 모순

하지만 그로부터 2년 뒤인 2009년 11월, 대청도 앞바다에서 남북은 다시 총격전을 벌였다. 2010년에는 3월 백령도 앞바다에서 원인불명의 천안함 침몰사건이 발생했다. 11월에는 연평도 포격 사건이 터졌다. 이는 면이 아닌 선을 고집할 경우 필연적으로 벌어질 수밖에 없는 결과였다. 그 과정에서 선을 넘어 면을 만들어가는 우리의 노력은 수포로 돌아갈 위기에 처했다. 남북의 마음속에는 다시 공고한 대결의 선이 아로새겨지고 있다.

연평도 포격 이후 보수언론에 가장 많이 회자되는 것이 "전쟁을 두려워해선 평화도 지킬 수 없다"는 말이다. 그러면서 그들은 전쟁

연평도의 망향전망대에서 본 서해바다. 저 바다 위 어딘가에 남북 간에 총격전을 불러온 NLL이 놓여 있다.

을 선동한다. '이에는 이, 눈에는 눈' 이라는 다짐이 'NLL 사수' 라는 결기 속에 뚝뚝 묻어난다. 그 앞에서 병사들의 의미 없는 죽음과 민간인들의 피해를 거론하는 것은 나약한 자의 변명처럼 치부될 뿐이다. 죽음을 선동하는 그들은 지금 선에 목숨을 걸고 있다. 하지만 죽음을 바꾸어가면서까지 선을 지켜 얻어낸 평화를 어찌 평화라 부를 수 있을까.

연평도 포격 사건의 대응조치로 남측은 서해5도를 지하군사요새로 만들겠다고 천명했다. 또 정밀타격무기와 감시 장비를 증강 배치했다. 북의 도발에는 그 몇 배로 보복한다는 교전원칙도 세웠다. 이럴 경우 북의 무력 역시 증강될 게 뻔하다. 게다가 북의 도발에 대응한다는 구실로 강화된 서해상의 한미합동군사훈련에 중국도 민감하게 반응했다. 서해5도는 남북의 군사적 대치뿐만 아니라 미국과 중국이 각축하는 신냉전의 최전선이 되어 버렸다.

'면의 시대' 상징하는 화해의 출발점

2002년 서해교전 이후의 방북취재 때 나는 북측 안내선생과 서해교전을 놓고 토론을 벌인 적이 있었다. 그는 "교전의 원인은 남측이 비법적으로 그어 놓은 NLL에 있다"고 강변했다. "NLL은 국제법상으로도 인정될 수 없는 남쪽의 억지주장"이라는 것이었다. 물론 북측의 주장도 일리가 있었다. NLL은 휴전 직전 미군이 남측 군대의 북상을 막기 위해 일방적으로 그어 놓은, 북쪽으로는 더 이상 올라가지 말라는 한계선(북방한계선)이기 때문이다.

하지만 나는 북측 또한 대결의 선에 갇혀 있음을 느꼈다. 선을 두고 벌이는 공방은 어느 누구 하나가 굴복하지 않는 한 타협의 여지가 없는 문제였다. 그것은 필연적으로 군사적 충돌을 내포할 수밖에 없었다. 나는 그것이 못내 안타깝고 답답했다.

하지만 2007년 10·4선언 직후 방북취재 때는 분위기가 확연히 달랐다. 이때 만난 안내선생은 "남측에서 제안한 서해평화협력지

대가 남북 간의 군사분쟁을 해결할 좋은 생각"이라며 큰 관심을 나타냈다. 그러면서 그는 평화협정 체결이 시급하다고 강조했다.

그의 주장은 타당했다. 정전협정에서조차 근거를 찾을 수 없는 NLL 문제가 근본적으로 해결되자면 정전협정을 뛰어넘는 새로운 패러다임이 필요했다. 정전협정이 선의 시대를 담은 대결의 결과물이라면 평화협정은 면의 시대를 표현하는 화해의 출발점이기 때문이다.

그러나 이명박 정부가 등장한 뒤 남북관계는 다시 과거로 돌아갔다. 이명박 정부는 한미동맹과 NLL 사수를 목청 높여 외쳤다. 서해5도에서 빈번하게 군사훈련이 전개됐다. 북측 역시 이를 비난하며 군사적 대응 수위를 점점 높여갔다.

최근에는 북 체제붕괴를 겨냥한 대북심리전이 확대되면서 휴전선에서의 군사적 충돌가능성도 높아지고 있다. 그동안 반북단체들의 전단 살포를 정부에서 묵인하는 선에서 그치는 것이 아니라, 이제는 정부가 직접 북의 체제를 비방하는 확성기 방송과 전단 살포에 나서고 있는 상황이다.

이처럼 끝 모를 충돌을 근본적으로 방지할 대안은 무엇일까? 이미 답은 나와 있다. 대결의 선이 아닌 화해의 면으로 패러다임을 바꾸는 것. 무책임한 살상을 막고 상생을 모색하는 최선의 길이다.

정대세의 눈물

2007년 2월 설 명절을 맞아 평양을 방문했을 때였다. 취재일정 중에 만경대학생소년궁전 대강당에서 열리는 북녘 학생들의 '설맞이 특별공연' 관람이 있었다. 매년 설 명절을 맞아 열리는 공연은 조선중앙TV에서 녹화중계를 해 저녁에 방송할 만큼 비중 있는 행사라고 했다.

아침부터 공연장 입구는 초대권을 들고 줄을 선 북녘 동포들로 입추의 여지가 없었다. 우리는 북측 안내선생들이 길을 터줘 간신히 공연장으로 들어갈 수 있었다. 잠시 후 VIP석으로 가슴에 훈장을 주렁주렁 매단 당 · 정 · 군의 고위급 인사들이 줄지어 들어왔다. 남쪽의 뉴스 화면에서 보았던 낯익은 인물들도 수두룩했다.

이윽고 공연이 시작됐다. 만경대학생소년궁전의 예술소조, 금성학원 등 예술분야 영재들의 공연은 역시 대단했다. 그런데 공연의 마지막을 장식한 팀은 뜻밖에도 일본의 민족학교 학생들이었다. 춤과 노래, 영상을 묶어 진행된 공연에서 학생들은 일본에서 차별과 멸시를 받아온 재일동포의 역사와 삶을 표현했다. 민족학교 학생들의 애환, 특히 여학생들의 교복인 치마저고리를 가위로 찢는 일본 우익들의 폭력 앞에서도 끝끝내 민족학교를 지켜나가는 모습을 담담하게 그려냈다.

북녘 동포들을 울린 공연

내 눈은 어느새 촉촉이 젖어들었다. 옆에 앉아 있던 안내선생들도 연신 손수건을 눈가에 가져갔다. 주위의 북녘 동포들도 마찬가지였다. 앞쪽 VIP석의 근엄한 분들도 예외는 아니었다. 곳곳에서 훌쩍이는 소리가 들려왔다.

학생들의 공연이 끝나자 열화와 같은 박수소리가 공연장을 울렸다. 관람을 마치고 나오는데 벌겋게 눈이 충혈된 안내선생이 말을 건넸다.

"안 선생, 우리는 조국을 찾아오는 일본의 동포학생들을 볼 때마다 우리 민족이 왜 하루빨리 통일을 해야 하는지 절절히 느끼게 됩니다. 분단으로 가장 고통 받고 있는 이들이 바로 해외의 동포들

통일은 700만 해외동포들에게 새로운 꿈과 희망을 선물할 것이다. 사진은 2008년 월드컵 아시아 최종 예선 때 정대세를 응원하기 위해 평양을 찾은 민족학교 학생들.

아니겠습니까? 이역만리 땅에서 조국을 그리워하는 그들에게 통일이란 선물을 안겨주지 못한다면 우리는 정말로 죄를 짓는 것이 됩니다."

그리고 지난 2010년 6월 16일 새벽, 나는 또 눈물을 쏟아냈다. 2010남아공월드컵 G조 예선인 북과 브라질의 시합이 열리던 시각, 두 나라의 국가가 연주될 때 북의 정대세 선수의 눈에서 굵은 눈물이 하염없이 쏟아지는 모습이 카메라에 잡혔다. 아, 그때 나는 머리보다 가슴으로 먼저 느꼈다. 굳이 그 어떤 말로 정리할 필요도 없이 그 눈물의 의미가 가슴부터 울려왔다. 어느새 내 눈에서도 3

년 전과 똑같은 눈물이 흘러내렸다.

2007년과 2010년의 눈물

2009년 7월 나는 일본에서 정대세 선수를 직접 만난 적이 있었다. 당시 일본의 가와사키 프론타레 구단의 연습장에서 정대세 선수를 인터뷰했을 때, 그는 "월드컵 출전이 꿈만 같다"고 했다. 축구 선수라면 누구나 갖는 최고의 꿈. 그러나 그 꿈에 도달하기까지 그가 겪어야만 했을 고초는 형언할 수 없을 정도였으리라.

차별과 멸시의 이국땅, 분단된 민족의 서러움, 조선과 한국의 경계에서 선택한 절반의 조국…. 하지만 그는 불굴의 투지로 모든 어려움을 이겨냈다. 마침내 기적의 그라운드에 붉은 유니폼을 입고 섰다. 그런 그가 흘린 눈물이었기에 남북의 마음도 다함께 울었던 것이다.

경기 내내 나의 시선은 정대세 선수를 따라다녔다. 그가 세계 최강 브라질을 몰아붙이면 나도 모르게 주먹이 쥐어졌다. 그러면서 내 머리 속에는 한 장면이 스쳐 지나갔다.

정대세 선수 인터뷰를 위해 일본에 갔을 때, 나는 도쿄에서 재일동포 대학생들에게 강연을 한 적이 있었다. 조치(上智)대학 코리아 문화연구회 주최로 열린 강연회였다. 30여 명의 청중들 중 상당수는 민족학교를 졸업하고 일본 대학에 진학한 학생들이었다. 강연 주제는 '6·15공동선언의 현재적 의의' 였지만 남북관계와 남북경협 전망, 남쪽의 통일운동 등 학생들의 관심사는 다양했다.

강연과 이어진 질의응답 시간이 모두 끝날 무렵, 한 학생이 조심스레 손을 들었다. 재일동포 학생들이 앞으로 어떻게 살아야 할지 조언을 좀 해달라는 것이었다. 순간 나는 당황했다. 재일동포 3, 4세 학생들에게는 과연 무엇이 꿈이요 희망일 수 있을까? 차별이 일상화 된 일본 땅에서, 대학을 졸업해도 '조선' 국적으로는 정상적인 사회생활의 길이 막힌 일본 사회에서, 그들은 무엇으로 희망의 삶을 그려갈 수 있을까?

재일의 '정대세' 위해 통일의 '링커' 가 되자

나는 우리 다함께 통일의 희망을 놓지 말자고 했다. 통일로 가는 과정에서 남북이 상생하고 소통하게 된다면, 한반도의 평화가 실현된다면, 동아시아에 새로운 다자간 협력구도가 정착된다면, 그래서 조일수교가 이루어지고 여러분들이 남과 북, 일본과 중국, 러시아와 미국을 자유롭게 넘나들 수 있는 시절이 온다면, 아니 꼭 올 것이기에 그때를 준비하며 모두 함께 최선의 삶을 살자고 했다.

그러면서 나는 정대세 선수 이야기를 했다. 정대세는 축구를 통해 남과 북, 북과 일본의 '링커'(linker)가 되겠다고 했다. 그리고 지금 남과 북, 일본 모두에서 인정받으며 링커로서 훌륭히 역할을 수행하고 있다.

일본에서 태어나 자본주의 남쪽도 잘 알고, 민족학교에서 교육을 받아 사회주의 북쪽도 잘 아는 여러분들이야말로 6·15시대의 링커들이다. 일본도 잘 알고, 조선도 잘 알고, 한국도 잘 아는 여러분들이야말로 새로운 동아시아의 링커들이다. 그런 꿈이 있기에 여러분은 참으로 행복한 사람들이다. 그런 꿈이 현실이 될 날이 머지않았다. 모두 자신감을 가지고 희망을 일구며 살자….

강연을 끝내고 나오는 길에 질문을 했던 학생이 내게 다가와 이렇게 말했다. "오늘 말씀 잊지 않겠습니다. 미래의 링커가 되기 위해 열심히 공부하겠습니다." 그의 말을 듣고 돌아서는데 내 눈에서는 눈물이 주루룩 흘러내렸다.

최전방의 공격수는 링커의 도움 없이는 결코 골을 넣을 수 없다. 이제는 남쪽의 우리가 링커가 되어야 한다. 남북을 잇는 통일의 발걸음이야말로 '정대세'의 눈물을 닦아줄 손수건이다. 재일의 모든 '정대세'를 위한 손수건, 과연 우리는 준비하고 있는가.

이야기 서른

나눔과 연대의 통일정신

최근에 한 청년단체에 강연을 다녀왔다. 주제는 '통일코리아의 미래' 였다. 최근 북의 경제사정과 남북관계, 북미관계의 전망, 또 북녘 체제의 특성과 인민들의 생활, 남북경협의 가능성 등 강연내용은 여러 분야에 걸쳤다. 청중들의 질문도 다양한 주제를 포괄했다. 다들 바쁘게 사느라 평소 통일문제에 관심을 두지 못했지만 모처럼의 '교육' 에 밤늦은 시간까지 눈빛들이 빛났다. 그렇게 열띤 강의와 질문, 토론이 뒤풀이까지 이어졌다.

하지만 내 마음은 내내 무거웠다. 강연에 참석한 청년단체 회원들은 스무 명 남짓. 나이는 모두 이십대 중반에서 삼십대 초반이었다. 그들 중 번듯한 정규직 직장은 서너 명뿐이었다. 나머지는 모두 비정규직 아니면 아르바이트나 취업 준비생이었다. 절반 이상이 사실상 '실업자' 신세였다. 그런 조건 속에서도 청년단체 활동을 하면서 지역 공부방 사업과 복지시설 후원에 적극 나서고 있는 그들이 참 아름다워 보였다.

가까이 하기엔 너무 먼 통일

하지만 과연 그들에게 통일이 어떤 의미로 다가올지 궁금했다. 먹고사는 일은 발등에 떨어진 불인데 통일은 왠지 추상적이고, 먼 훗날의 일처럼 여겨지지 않을까 싶었다. 뒤풀이 때 한 청년이 푸념하듯 말했다.

"강연을 들으면서 통일이 되면 좋겠다는 생각이 들었지만 내일 아침이면 잊혀질 게 뻔합니다. 저는 아침부터 밤늦게까지 일해도 월급이 100만 원이 조금 넘습니다. 하지만 언제 잘릴지 모르니 그것조차도 감지덕지해야 하는 처지죠. 그러니 통일이 제게는 너무 멀게만 느껴집니다. 저하고는 상관없는 일이라고 여겨지네요."

통계청의 경제활동인구 조사 결과를 보면 2010년 비정규직 노동자 수는 855만 명에 달한다. 하지만 통계에 잡히지 않은 숫자까지 고려한다면 1000만 명이 넘을 것이다. 정규직이 793만 명이니 전체 노동자의 60% 가량이 비정규직인 셈이다. 이들 비정규직이 받는 평균임금이 120만 원. 또 비정규직 노동자 중 393만 명이 한

시근로라고 하니 이들에게는 살아가는 것 자체가 전쟁이다.

비정규직 문제의 본질은 단순하다. IMF 직후 기업은 생존을 위해 구조조정과 비정규직을 양산했고, 정부는 이를 정책적으로 용인했다. 원래대로 한다면 적어도 200~300만 원씩은 월급을 주어야 할 노동자들에게 그 돈의 절반만 주고 똑같은 일을 시킬 수 있게 된 것은 기업에게는 최상의 위기 타개책이었다. 그 덕택에 기업은 IMF 위기에서 벗어났겠지만 비정규직의 대부분을 차지하는 20~30대 청년들은 꿈을 잃은, 절망의 세대가 되어야만 했다. 미래도, 꿈도, 희망도 없는 세대에게 오직 남은 것이라면 현실에서의 생존이다. 오늘의 대학생들이 오직 '루저' 탈피용 스펙 쌓기에 몰두하는 것은 정글에서 살아남아야 한다는 절박한 심정에서일 것이다.

꿈을 잃은 절망의 세대

1988년 여름, 수천의 대학생들이 서울 홍제동 최루가스 자욱한 거리에 누워 '가자 북으로 오라 남으로, 조국은 하나다' 를 외쳤다. 당시 우리는 통일의 '미래' 가 가져다 줄 '희망' 의 메시지에 감격했다. 미래의 희망을 이야기할 수 있는 것은 인간만이 지닌 특성이다. 꿈을 가진 인간이 현실의 역사를 전진시켜 왔다. 꿈이 없는 사람, 미래가 없는 사람이 현실의 패배자가 되는 것도 같은 이치다.

희망을 잃어버린 '88만원 세대'에게 통일은 여전히 먼 훗날의 일처럼 여겨진다. 하지만 나눔과 연대의 통일정신이 진실로 필요한 이들도 바로 '88만원 세대'들이다.

우리가 자식들에게 늘 꿈을 가지라고 강조하는 것도 그 꿈이 자신의 존재 근거이자 삶의 동력이기 때문이다.

그렇다면 절망의 20대, 꿈을 잃어버린 비정규직 노동자들에게 어떻게 하면 통일이라는 새로운 희망의 꿈을 심어줄 수 있을까? 참으로 어려운 문제다. 그들에게 통일이 현실의 문제로 와 닿기 위해서는 통일의 필요성이 자신들의 생활에서부터 우러나와야 할 것이다.

통일은 화해협력의 지난한 과정이다. 남북의 화해협력은 나눔과 연대의 실천정신을 생명으로 한다. 북이 가진 것을 남과 나누고, 남은 북이 필요로 하는 것을 제공하는 것이 통일의 출발이다. 유무상통이 통일의 정신인 것이다. 이를 위해 필요한 것은 연대정신이다. 1972년 남북이 최초로 통일의 원칙에 합의했던 7·4공동성명의 내용으로 말한다면 민족대단결의 정신이다. 사상과 이념의 차이를 앞세워 갈라서는 것이 아니라 5000년 유구한 역사를 공유해온 동질성으로 단합하는 것이다. 이것이 통일의 문제를 풀어나가는 첫 단추다.

통일은 바로 오늘, 나의 일

마찬가지로 오늘 비정규직 노동자들에게 필요한 삶의 철학도 나눔과 연대이다. 99개를 가진 부자들이 나머지 1개를 더 채우기 위해 가난한 이들의 것을 빼앗으려 들 때, 가난한 이들이 맞설 힘은 나눔과 연대의 힘밖에 없다. 2011년 초 홍익대 청소노동자들이 고용승계 보장을 요구하며 파업에 돌입했다. 이들의 투쟁에 많은 이들이 공감하고 동참했다. 그 힘은 어디에서 나왔을까? 연대의 정신이다. 하루 식대 300원이라는 청소노동자들의 비참한 노동조건에 분노해 기꺼이 연대했던 이들 역시 대부분 사회적 약자였다.

통일 역시 마찬가지다. 여기서도 중요한 것은 나눔과 연대의 정신이다. 기득권층에게는 통일이 가진 것을 빼앗기는 일이라고 여겨지겠지만 대다수의 서민들에게 통일은 가진 것을 나누면서 더 큰 것을 얻는 과정이 될 것이다. 농민들에게 통일은 민족농업을 지키며 농업의 새로운 미래를 열어가는 길이다. 노동자들에게 통일은 새로운 경제성장을 통해 일자리를 늘이고 분배의 파이를 키우는 길이다. 또한 우리 아이들에게 통일은 미국 중심의 20세기가 아닌 동아시아 중심의 새로운 21세기의 비전을 품는 길이다.

한국사회에서는 분단세력과 기득권세력이 늘 일치했다. 분단을 유지해야 기득권도 유지되기 때문이다. 기득권을 유지하기 위해 그들은 비정규직 노동자들에게 '무능'의 딱지를 붙여 댄다. 경쟁에서 밀려난 건 개인의 무능함 때문이라고 강변한다. 이에 대해 조금이라도 저항할라 치면 '폭력' 운운하며 여론을 선동한다. 지난 60년간 북에 대해 이미지를 조작해온 방법과 어찌 그리 똑같을까.

나눔과 연대는 인간의 사회적 속성이다. 적자생존의 '경쟁'보다는 상호부조의 '협동'이 인간을 진실로 행복하게 만든다. 200년 남짓한 자본주의 역사가, 30년도 채 안 된 신자유주의 현실이 수만 년간 더불어 살아온 인류의 역사를 대체할 수 없다.

통일문제도 마찬가지다. 절망뿐인 비정규직 노동자들이 생존권을 지키기 위해 나누고 연대하듯, 분단의 멍에를 걷어내는 일 역시 나눔과 연대의 정신에서 출발해야 한다. 그럴 때 통일은 가까이 하기에 너무 먼 일이 아니다. 바로 오늘, 나의 일이 될 것이다.

통일이 행복이다

부탄이란 나라가 있다. 중국과 인도 사이 히말라야산맥에 위치한 인구 70만의 작은 산악국가다. 아마도 대부분의 한국 사람들은 '부탄' 하면 부탄가스를 먼저 떠올릴 것이다. 그만큼 우리에게는 낯선 미지의 국가다. 2010년 가을 개봉돼 큰 인기를 끌었던 영화 〈방가? 방가!〉에서 주인공 김인권이 부탄 출신 노동자 '방가' 행세를 하면서 비로소 우리에게 익숙하게 다가왔다.

부탄은 1인당 국민총생산(GNP)이 2000달러에도 못 미치는 가난한 나라다, 하지만 부탄은 국민들의 97%가 스스로 행복하다고 생각할 만큼 세계에서 가장 행복한 나라로 손꼽힌다.

부탄은 국민총행복지수(Gross National Happiness, GNH) 개념을 처음 제기한 나라로 유명하다. 입헌군주제인 부탄의 왕추크 국왕은

1972년 열일곱의 어린 나이에 왕위에 오르면서 앞으로 GNP가 아닌 GNH를 중심에 놓고 나라를 통치하겠다고 선언했다.

GNH 1위를 꿈꾸는 행복한 나라

그 뒤로 부탄은 성장보다는 국민들의 행복 증진을 위한 정책을 내세웠다. 무분별한 개발을 막고 국토의 60%를 산림으로 유지하는 것을 법제화했다. 또 숲환경을 보호하기 위해 외국관광객들의 입국도 제한했다. 이 때문에 외국관광객들이 부탄을 여행하려면 엄청난 비자 비용을 지불해야만 한다. 또한 전통문화와 가치관을 지키면서 행복의 척도를 심리적 평안과 안정 속에서 찾았다. 물질이 행복의 필수조건이 아니라는, 경제성장이 반드시 행복을 가져다주는 것이 아니라는 부탄의 정책은 세계인의 마음속에 행복에 대한 새로운 화두를 던져주었다.

사람들을 누구나 행복을 꿈꾼다. 더 행복해지기 위해 더 많은 풍요를 원한다. 더 행복해지기 위해 더 많은 권력을 원한다. 또 이를 위해 치열하게 경쟁한다. 그러나 안타깝게도 우리에게 돌아오는 것은 행복이 아니다. 풍요를 얻고 권력을 얻었어도 늘 마음은 초조하고 현실은 불행하기만 하다. 어느새 행복은 신기루처럼 사라질 뿐이다.

행복에 대한 이러한 부탄식 정의는 통일문제에도 적용되어야 한다. 우리가 바라는 통일은 행복과 동의어다. 우리가 꿈꾸는 통일 속에는 행복이라는 목표가 함께 존재한다. 그렇기에 풍요만을 추구하는 통일은 한계가 있다. 내 것을 얻기 위해 남의 것을 뺏는 일이 될 수 있기 때문이다. 특히 경쟁을 통해 쟁취하는 통일은 불행의 씨앗일 수 있다. 또 다른 절반의 역사와 현재를 부정할 수 있기 때문이다. 이러한 통일은 결코 우리가 바라는 통일이 아니다.

행복한 사회, 행복한 통일

그래서 나는 행복한 통일을 꿈꾼다. 통일이 행복한 사회로 가기 위한 징검돌이 되는, 그래서 모두가 행복해지는 그런 통일 말이다.

행복한 사회는 평화로운 사회다. 분노가 없는 사회, 다툼이 없는 사회가 행복한 사회다. 이 세상에서 가장 불행한 나라는 어디일까? 단연코 전쟁의 참화 속에 있는 나라일 것이다. 죽음이 일상화된 그곳에서 사람들은 굶주림보다 더한 고통에 시달리고 있다. 죽음에 대한 공포는 인간관계의 근원인 공동체를 파괴한다. 인간에 대한 신뢰가 무너진 그곳에서 불신은 일상화된 폭력으로 발전한다. 적개심은 상대방뿐만 아니라 자신까지도 파괴하는 불행의 바이러스다. 우리 민족은 이미 60년 전 그러한 공포를 실감했다. 그리고 아직까지도 그 공포는 우리 사회 곳곳에 상처로 남아 있다.

2010년 11월 연평도 포격 사건 당시의 연평도 주민을 생각해보았는가? 피난처였던 찜질방 생활을 청산하고 어렵사리 삶의 터전으로 돌아갔지만, 이제 그들의 일상은 불안의 연속일 수밖에 없다. 6·25전쟁 이후 남북의 군사적 긴장이 최고조에 달한 지금, 휴전선 인근의 주민들 역시 하루하루가 불안하다. 하긴 전쟁의 위기가 상존하는데 남북의 어느 곳인들 안심할 수 있겠는가. 이 현실을 근본적으로 바꿔낼 수 있는 것은 항구적인 평화, 통일을 이루는 방법 외에는 없다.

또한 우리가 꿈꾸는 행복한 사회는 더불어 사는 사회다. 더불어 사는 사회는 나누며 사는 사회다. 잘사는 길은 더불어 사는 길이고, 서로 나누며 사는 길만이 행복에 이르는 길이다. 통일의 궁극적인 목표도 여기에 있다. 우리가 통일하자는 것은 남북이 서로 나누며 더불어 살자는 것이다. 통일로 가는 과정은 나누며 더불어 사는 훈련의 과정이다. 나눔에는 조건과 타산이 전제가 되어선 안 된다. 이해타산에 따라 주고받는 것은 거래이지 나눔이 아니다. 조건을 따져가며 계산기를 두드려 보는 것은 더 가지겠다는 표현일 뿐이다.

남북이 나누어야 할 것이 얼마나 무궁무진한가. 성장을 위한 물질만이 나누는 대상이 아니다. 마음을 나누고, 생각을 나누고, 문화를 나누어야 한다. 개인과 집단의 가치를 나누고, 주체화와 세계화라는 소통방식을 나누어야 한다. 그럴 때 우리는 비로소 더 큰 하나가 될 수 있다.

거침없는 통일의 상상력을 돌려주자

행복한 사회에는 미래의 꿈이 있다. 특히 청년들에게 무궁무진한 가능성을 열어주는 사회가 행복한 사회다. 하지만 오늘의 현실은 공부 잘해서 좋은 대학 가고, 좋은 대학 가서 대기업에 취직하는 것이 청년들의 목표가 돼 버린 지 오래다. 새로운 도전보다는 현실안주만 존재할 뿐이다. 그것이 진정한 행복이 아님을 알면서도 대부분의 청년들이 여기에 매달리는 이유는 뭘까? 우리 사회에 미래의 꿈이 없기 때문이다.

휴전선을 사이에 두고 남북의 젊은이들이 서로에게 총부리를 겨누는 일은 더 이상 하지 말아야 한다. 인생의 황금기를 그런 식으로 보내게 하는 것이 기성세대의 역할이 되어선 안 된다. 비무장지대를 세계적인 생태공원으로 만들고, 경의선을 거쳐 대륙으로 뻗어가는 거침없는 상상력을 그들에게 돌려주어야 한다. 그래서 남북의 청년들이 지금까지와는 다른 새로운 미래의 꿈을 설계하도록 해야 한다.

분단의 삼팔선을 거부하다 끝내 이승만 정권에게 암살당한 김구 선생은 생전에 나의 소원은 첫째도, 둘째도, 셋째도 자주독립이라고 말씀하셨다. 그러면서 당신이 원하는 우리나라는 세계에서 가장 부강한 나라가 아닌, 세계에서 가장 아름다운 나라라고 말씀하셨다. 또 이를 위해 오직 한없이 가지고 싶은 것은 높은 문화의 힘이라고 강조하셨다.

분단의 역사가 한 갑자를 훨씬 넘긴 오늘, 만약 김구 선생이 살아계셨다면 어떤 소원을 말씀하실까? 첫째도, 둘째도, 셋째도 민족의 통일을 말씀하실 것이다. 그러면서 당신이 원하는 통일을 이렇게 말씀하시지 않을까? 평화로운 통일, 더불어 사는 통일, 청년들에게 꿈을 주는 통일, 그리하여 8천만 겨레가 모두 행복한 통일….

이제는 행복한 통일을 준비할 때다. 더 이상 늦출 수 없는 통일의 시각, 오늘 우리에게 통일은 바로 행복이다.

《민족21》 안영민 기자의 유쾌한 희망 만들기

행복한 통일 이야기

초판 1쇄 발행 2011년 3월 25일
7쇄 발행 2018년 5월 24일
지은이 안영민
펴낸이 김완중
펴낸곳 도서출판 자리
관리실장 장수댁
디자인 정면

출판등록 2007년 7월 10일(등록번호 제2007-181호)
주소 전라북도 장수군 장수읍 송학로 93-9(19호)
전화 063) 353-2289
팩스 063) 353-2290
전자우편 wan-doll@hanmail.net
블로그 blog.naver.com/dddoll
ISBN 978-89-961706-7-9(03810)

* 값은 표지에 있습니다.